BRISE GLACE

www.actes-sud-junior.fr

Éditeur : François Martin.
Conception graphique : Christelle Grossin et Guillaume Berga.

ISBN 978-2-3300-0025-7

BRISE GLACE

JEAN-PHILIPPE BLONDEL

ACTES SUD JUNIOR

1

JE REGARDE PAR LA FENÊTRE la pluie qui s'abat sur la cour du lycée. Je soupire.

Je suis dans la salle G124, bâtiment G, 1er étage. C'est la salle dans laquelle ont lieu tous les contrôles de plus d'une heure – que des tables individuelles, pour décourager les tentatives de pompe.

Aujourd'hui, c'est devoir de français. Quatre heures. Je jette un coup d'œil à mes camarades, les premières L. On est mardi après-midi. En novembre. Tout est gris. Presque aussi gris que sur la photocopie du tableau que j'ai devant moi – tableau qui est censé servir de tremplin à une expression écrite. Le *travail d'invention*, ça s'appelle : on te colle une image et tu dois te baser dessus pour raconter une histoire. L'intitulé est très clair : "En vous inspirant de l'atmosphère du tableau de Friedrich, imaginez le voyage dont rêve le personnage. Vous utiliserez la première personne et un registre au choix parmi les quatre proposés : lyrique, épique, tragique et fantastique."

À côté, la reproduction dudit tableau. Le nom de l'artiste et ses dates de naissance et de mort : Caspar David Friedrich (1774-1840). Le titre : *Voyageur contemplant une mer de nuages.* 1818, peinture, 74,8 x 94,8 (Kunsthalle, Hambourg).

Je sais où se trouve Hambourg.

Mon père y est allé une fois, pour son travail. Il y avait un Salon de jenesaisquoi. Mon père se rend souvent dans des lieux improbables pour assister à des salons encore plus improbables, genre le "Salon du verrou" ou le "Salon de la protection individuelle". Il est représentant pour une entreprise qui joue sur les peurs des habitants des quartiers résidentiels. Il fournit à ses clients toute une panoplie censée empêcher les intrus de pénétrer chez eux. C'est un marché en pleine expansion dans une société où tout le monde a peur de tout.

Si je devais décrire la vie de mon père, j'hésiterais entre l'épique et le tragique. Je n'opterais en aucun cas pour le lyrique. Et surtout pas pour le fantastique.

De Hambourg, il m'a rapporté un nouveau type de cadenas pour mon scooter – le top du top avec fermeture à distance et code secret évolutif.

Il n'a jamais marché.

Un raclement de gorge.

Je reviens à la salle. Je n'ai toujours pas écrit une ligne. J'aperçois F. X. qui mâchouille son crayon de papier, Florent qui dessine sur une feuille blanche depuis le début de l'épreuve, et Gladys qui bâille sans grâce.

Évidemment, je ne suis pas le seul à être bloqué. Mais je suis sans doute le seul à être bloqué à cause du trop-plein.

Je me souviens, quand j'étais plus petit, mon livre préféré, c'était *Les Mots doux*, l'histoire de Lola, une petite marmotte qui se réveille un matin avec des mots doux à distribuer parce que c'est un de ces jours où elle aime tout le monde, mais personne n'a le temps de l'entendre, ses parents la houspillent, la maîtresse s'occupe de quelqu'un d'autre, son amoureux joue l'indifférence et ses copines l'excluent. Alors, ses mots doux se calent dans sa gorge et ne veulent plus sortir, jusqu'au repas du soir, où tout le monde s'inquiète tout à coup, parce que Lola ne va pas très fort.

Je ne vais pas très fort.

Mais ce ne sont pas des mots doux qui se terrent dans ma gorge.

C'est de la glace.

Et sous la glace, il y a ce bouillonnement de mots durs. Je ne parviens pas à les canaliser en phrases, à les articuler en paragraphes. Les phrases se télescopent, les mots s'entrechoquent. Depuis que j'ai vu le sujet, j'ai le cerveau en ébullition.

Simplement parce que c'est moi, ce mec, en haut de la montagne. De dos. Contemplant la mer de nuages en dessous de lui. Sa canne à la main. Impossible de savoir s'il est là pour seulement observer et jouir du paysage. S'il va redescendre par le sentier que l'on devine, sentir l'humidité dans tous ses membres, les nuages qui l'entourent, le frôlent, le font disparaître à la vue du monde et sortir, encore enveloppé de brouillard, dans un paysage différent.

Ou s'il va sauter.

Parce qu'il se pourrait bien qu'il saute.

Pour moi, ce gars-là, il est totalement désespéré. Il va se jeter dans le vide, il le sait, il l'a prémédité. C'est son dernier voyage.

Sauf qu'évidemment, si j'écris un truc pareil, la prof va carrément flipper, je la connais, elle est capable de remuer ciel et terre, d'avertir l'administration, l'assistante sociale et de téléphoner à mes parents – *vous n'avez rien remarqué dernièrement, prises de substances illicites, dépression, isolement ?*

Je ne peux pas faire ça à mes parents – ajouter le poids extérieur au fardeau intérieur. Ils ne le méritent pas.

Non, comme d'habitude, je vais torcher un truc pourri qui me vaudra un 08/20 et je prendrai mon petit air désolé, accompagné d'un soupir mélancolique, au moment où la prof rendra les copies. Je lâcherai : "Ah là là, et pourtant, j'ai donné le meilleur de moi-même." Et elle, elle compatira. Elle n'est pas méchante, la prof de lettres. Elle est coincée dans son rôle comme moi dans le mien. C'est tellement hypocrite, parfois, l'éducation.

OK – allons-y. Je vais commencer tranquille par l'évocation de la montée, au petit matin, par le sentier des douaniers. Quelques lignes sur la splendeur du paysage, les petites fleurs, la nature qui s'éveille à la vie, les flancs de la montagne (elle va aimer ça, les "flancs" de la montagne, sans faute d'orthographe). Poursuivre avec le miracle du panorama, une fois au sommet, et la conviction que de l'autre côté de la frontière, il y a une nouvelle vie, peut-être un nouvel amour, une nouvelle histoire (c'est vraiment pourri, on dirait une chanson de l'Eurovision), voilà, plein d'optimisme crétin, elle va adorer, elle va pouvoir en même temps sourire et se lamenter de ma naïveté. Demain, elle va arriver en salle des profs et, à la cantonade, elle va lancer : "Dites donc, les premières L, ils sont mignons mais ils ne sont quand même pas très futés."

Mignon et pas futé.

J'aimerais bien être comme ça.

Sauf que je ne suis pas mignon.

Je n'aimerais pas avoir une bonne note, de toute façon.

Je n'aimerais pas voir tous les visages se retourner vers moi et me fixer, avec cette étincelle de curiosité, tout à coup – *tiens, il est comme ça, lui, bon en français, je ne l'aurais pas imaginé.*

Tout ce que je veux, c'est passer inaperçu. Le genre d'élève dont le prof ne se rappelle plus, une fois les autres partis, s'il était absent ou pas.

Jusqu'à présent, je me débrouille plutôt bien.

Je suis arrivé en septembre dans ce lycée. J'ai passé mon année de seconde à l'autre bout de l'agglomération, mais ils n'offraient plus de première littéraire, alors voilà, j'ai déménagé. Ce n'est pas comme si c'était la première fois. J'ai changé d'établissement trois fois en trois ans – déménagement de mes parents, passage au lycée et orientation vers le littéraire. Évidemment, dans ces conditions, comme dirait ma mère à la réunion parents-profs, ce n'est pas facile de se faire des amis.

En même temps, je n'en cherche pas.

Je serais plutôt du genre solitaire.

Ma mère, ça l'inquiète.

Je sais bien faire ça – inquiéter mes parents. C'est comme un don.

Bon, ce n'est pas tout ça, mais j'ai un devoir à finir. Alors, comment on termine ce torchon ? Julien – oui, je l'ai appelé Julien, le mec en haut de la montagne, c'est bien, Julien, c'est un prénom qui ne se démode jamais – est ravi parce qu'il a confiance en l'avenir et qu'il sait que, sur l'autre versant, il va retrouver la jolie Manon (pareil, ça, Manon, ça peut te faire XVIIIe siècle, facile) et qu'ensemble, ils vont aller de l'avant, fonder une famille, entendre rire les enfants et puis ensuite vieillir, se décatir, divorcer sans doute parce qu'ils se gonfleront mutuellement et puis crever comme des chiens à la fin, seuls et se demandant bien ce qu'ils ont foutu sur terre.

Nan, je déconne.

J'arrête après "rire les enfants".

Mine de rien, j'ai rempli presque trois pages en moins de deux heures. Un peu plus et je serais fier. Je pourrais me lever et quitter la salle. Mais j'imagine bien le regard des autres sur moi – et ça, je ne supporte pas.

Je préfère attendre que ça sonne, qu'il y ait tout un brouhaha de chaises qui grincent sur le carrelage, de soupirs et de derniers mots griffonnés sur le papier. Je me fonds bien dans la masse. Je suis sûr que la prof va avoir un doute – *est-ce qu'il me l'a bien rendu, son devoir ?* –, vérifier dans le paquet et se rendre compte que, *oui, tiens, c'est bizarre, je n'en ai aucun souvenir.*

Le plus dur, ce n'est pas les moments que je passe en classe. Il y a toujours des stratagèmes pour se faire oublier, en classe. C'est dehors que ça coince. Au moment de la récré. Le midi, après la cantine. Ou alors là, quand on a un trou dans l'emploi du temps.

Parfois, je m'agglomère.

Je me joins à un groupe préexistant, des élèves de ma classe qui attendent dans la file pour aller manger, ou qui forment une cohorte, à la petite grille du lycée. Ils sont bien un peu surpris par ma présence, mais ils ne me rejettent pas. Ils ne sont pas comme ça. Ils m'incluraient bien, en fait – c'est moi qui ne veux pas être inclus. Enfin, c'est plus compliqué que ça. J'ai envie, je n'ai pas envie, ça change tout le temps, c'est épuisant. Je suis épuisant, comme mec.

Les gens de ma classe, ils m'aiment plutôt bien, je crois. Je ne fais pas d'histoires. Je ne donne jamais de la voix pour imposer mon avis. Je ris aux blagues. Ça suffit pour être accepté. Surtout que je n'en demande jamais davantage. Ce que je veux, c'est faire partie d'un tout – mais sans qu'on s'adresse à moi de façon personnelle.

Je sais, c'est impossible.

Là, particulièrement.

Après un devoir, il y a chaque fois des questionnements, des incertitudes, des demandes de précisions, des "Et toi, t'as mis quoi ?", des "Tu crois ?".

Il faut que je me trouve un coin tranquille. Un banc à l'écart. Et surtout que j'aie l'air affairé. Je vais me plonger dans le cours d'anglais, tiens. Les langues étrangères, c'est bien pour oublier. On peut se faire croire qu'on s'appelle James ou Peter et qu'on a une vie très différente. *A very different life.* Rien qu'en le disant, ça va déjà mieux.

2

— ET TOI, TU L'AS TROUVÉ COMMENT, le document ?

Merde.

C'est à moi qu'il s'adresse.

Déjà qu'ils sont venus perturber ma tranquillité en s'installant sur le banc d'à côté, il y a dix minutes. J'étais bien au chaud, dans ma *very different life*, je me gavais de mots inconnus et paf, ils rappliquent – une fille qui doit s'appeler Manon (tiens, si ça se trouve, c'est à celle que je pensais pendant le devoir de français), son mec qui doit être en scientifique, et Thibaud – avec un "d", Thibaud, pas un "lt" au bout, un "d", c'est lui qui le précise tout le temps.

Évidemment, ils parlaient du devoir, et ils ont continué à en parler, sans se soucier qu'à dix mètres de là, je me baladais dans les textes anglais. Au bout de quelques minutes, ils se sont lassés quand même – ils n'allaient pas parler d'école pendant toute la journée non plus, hein – alors la conversation a dévié sur la fête organisée par Thibaud à la fin de la semaine, fête à laquelle je n'étais bien sûr pas convié.

J'étais en train de chercher mentalement un autre abri (un coin du foyer ? le parc près du gymnase ?) quand Manon et son scientifique se sont brusquement souvenus qu'ils avaient des recherches à effectuer au CDI pour leur "travaux personnels encadrés", et sont partis, bras dessus, bras dessous, une vraie pub pour magazine d'ados. Je pensais que Thibaud avec un "d" allait vite leur emboîter le bas, mais il est resté là. Pire, il s'est affalé sur le banc, les coudes sur le dossier, et il s'est mis à me regarder.

Thibaud, c'est un mec extrêmement agaçant pour des lycéens comme moi. C'est le genre de gars cool, copain avec tout le monde, qui doit avoir vingt mille amis sur Facebook, bien vu des profs sans fayoter outre mesure, profs qui soulignent qu'il est sympathique mais ne donne pas la pleine mesure de ses possibilités.

En plus, il se ramène tous les jours avec des fringues différentes et elles semblent toutes avoir été dessinées pour lui. Je ressens de la jalousie envers Thibaud, oui, et je ne dois pas être le seul – mais ça me passe vite. J'ai d'autres chats à fouetter. Lui, non. Aujourd'hui, il semble s'être focalisé sur moi. Et il me parle. Merde. C'est à moi qu'il s'adresse. Ça doit être la première fois depuis le mois de septembre.

Il faudrait que je cherche une réponse spirituelle, mais je n'ai pas envie de me fatiguer, et puis surtout, ça n'en vaut pas la peine puisque, dans quelques minutes, il ne se souviendra même pas de ce que j'ai dit.

Du coup, j'opte pour la sincérité. C'est moins pénible. Je hausse les épaules, je lui jette un coup d'œil et je lance :

— Il me touchait trop intimement, ce document, alors j'ai bâclé un truc complètement naze, histoire que, comme d'habitude, elle me regarde avec pitié et me colle un 08 en se disant qu'elle est vraiment trop gentille et que ça la perdra.

Les sourcils en accent circonflexe. J'ai déjà rencontré cette expression-là dans les livres, mais je ne l'avais encore jamais vue sur un visage. Thibaud laisse échapper un sifflement, et puis insiste. Il veut savoir ce que ça signifie "trop intimement", mais je ne me démonte pas. Je ne comprends pas d'où vient cette franchise et ce culot, mais d'un seul coup, je le fixe dans le blanc des yeux et je rétorque :

— Laisse tomber. Tu n'as pas envie de savoir.

Et là, princier, je me casse d'un pas assuré vers le foyer.

Enfin, c'est l'image que je voudrais donner.

Ça ferait bien à la fin d'un film.

Sauf qu'évidemment, je trébuche sur un sac et je manque de tomber. J'ai le cœur qui bat à deux cents, mais je suis quand même plutôt fier de mon coup. J'ai eu mes cinq minutes de gloire, mon quart d'heure de célébrité, maintenant je vais promptement retourner à l'anonymat.

C'est là que la phrase déboule dans le cerveau, déchirant tout sur son passage.

Tu l'as déjà eu, ton quart d'heure de célébrité.

Et là, le voile noir.

Je suis vaguement conscient qu'on me porte à un moment donné, mais je ne retrouve pleinement mes esprits qu'une fois allongé sur un des lits de l'infirmerie du lycée. Dans la pièce, il n'y a que l'infirmière, Thibaud et moi. C'est Thibaud qui parle. Il a l'air très pâle. Concerné, presque. Incroyable, ça. Voilà que quelqu'un d'autre que mes parents se fait du souci. C'est bien ma veine. L'infirmière est douce, mais ferme. Elle veut des réponses. Est-ce que ça m'arrive souvent, ce genre de malaise ? Je réponds que non, que c'est sûrement dû au devoir de français, au stress accumulé. Elle plisse les yeux. Elle pose les questions usuelles – je sais exactement comment faire pour l'amener sur une fausse piste. Je baisse la tête et j'avoue que non, je n'ai pas mangé au petit déjeuner, pas eu le temps, me suis réveillé trop tard. Que oui, je me suis couché très tard, j'ai passé une partie de la nuit sur Internet hypnotisé par des sites pas très intelligents. Que oui, je me rends compte. Que oui, je ne le ferai plus jamais jamais madame. Elle grimace. Je ne suis pas sûr qu'elle soit dupe. Elle semble bien plus maligne que celle du lycée de l'année dernière. Elle dit qu'elle va téléphoner à mes parents, il faut quand même qu'on fasse une prise de sang, une recherche de diabète, on ne sait jamais. Là, je recouvre mes esprits, je supplie que non, s'il vous plaît, déjà qu'ils se font un sang d'encre pour rien et qu'ils ne me laissent rien faire, allez, soyez gentille. Elle hésite. Elle soupire. Elle consent, mais à condition que je revienne la voir la semaine prochaine et que, dès que je me sens mal au lycée, je la fasse prévenir.

Je hoche la tête énergiquement.

Je me retourne.

Thibaud est encore là. Pire, il me fixe. Avec intensité.

Merde, je suis dans de beaux draps.

Au propre et au figuré.

— Je vais rester un moment avec toi.

— C'est gentil, mais tu as sûrement des milliers de trucs à faire.

— Comme ? Aller en cours avec Calvaire ?

Calvaire, c'est le prof de physique. En fait, il s'appelle Caldevaire, mais bon, le raccourci est vite pris – surtout qu'il est difficile de ressortir de cours sans migraine, tant sa voix est désagréable. Je ne peux pas m'empêcher de sourire.

— D'accord. Je te sers d'excuse pour sécher.

— Et puis ça va nous permettre de faire plus ample connaissance.

— Tu vas être très déçu. Je ne suis pas quelqu'un de bien passionnant.

— Ça, ce n'est pas toi qui en décides, Aurélien.

— Un point pour toi, tu connais mon prénom.

— Tu connais bien le mien !

— Le lycée entier connaît le tien. Et sait aussi que Thibaud, ça se finit par un "d" et pas par "lt".

— De même que tout le monde va savoir que tu t'es évanoui dans la cour.

— T'as l'intention d'en faire un statut Facebook ?

— Sauf si tu me révèles ce que tu entends par "il me touchait trop intimement, le sujet de français".

— Putain, tu lâches vraiment rien, toi !
— C'est ce qu'on me dit souvent, oui.
— Pourquoi tu t'intéresses à moi tout à coup ? Tu... Il y a des dizaines de gens qui sont beaucoup plus... Je ne sais pas moi, profonds, chaleureux, intrigants... Et je suis sûr qu'ils rêvent tous d'être ton ami.
— Tu ne réponds pas à ma question.
— Toi non plus, tu ne réponds pas à la mienne.
— On ne va pas aller bien loin, alors.
— Je suis fatigué, Thibaud.
— Eh bien dors. Je veille.

Je ferme les yeux, mais je sens sa présence. À l'intérieur de moi, c'est un festival de sentiments contradictoires. De l'inquiétude, de la fierté, de la rage, de la gratitude. C'est comme ça, les yeux fermés sur le lit de l'infirmerie, que je tente d'expliquer, à voix basse. D'expliquer que je me sens comme ce mec, en haut de la montagne, depuis quelque temps. Je ne veux pas regarder en arrière, mais devant, ça m'effraie aussi, alors je reste là, tout au bord du précipice, je joue avec l'idée de me jeter dans le vide et de trouer les nuages, mais je ne le fais pas parce qu'il y a une partie de moi qui a vraiment envie de vivre, de vivre des trucs extraordinaires, de vivre à pleins poumons, simplement, je ne sais pas comment faire, voilà, je ne sais pas comment faire.

Je n'ose pas ouvrir les yeux à nouveau. C'est tellement impudique, ce que je viens de sortir. C'est tellement lamentable. J'aurais bien aimé que l'infirmière me donne un somnifère. Tomber de sommeil et se réveiller dans six mois en me persuadant que tout cela n'était qu'un rêve.

Il y a un long silence. Et puis l'air de rien, Thibaud qui dit :

— Je vais te laisser dormir, va. Je vais me rendre à mon Calvaire quotidien. Mais à une seule condition. J'organise une fête samedi prochain, pour mon anniversaire. Mon père n'est pas là. Ça commence à dix-huit heures, ça peut durer toute la nuit. Je voudrais bien que tu viennes. Non, je reformule, t'as intérêt à venir. Je te laisse les coordonnées.

Me voilà bien.

3

QUAND J'AI ANNONCÉ À LA MAISON que je voudrais bien aller à une fête le samedi soir suivant, il s'est passé exactement l'inverse de ce qui se passe dans toutes les autres familles. D'abord, ma mère et mon père ont tout de suite cessé leurs activités et puis ils se sont lancé un très long regard – avec dedans, je le sais, un trait de lumière. Et ils ont accepté, bien sûr. Même quand j'ai ajouté que cela durerait une partie de la nuit. Même quand j'ai poussé le vice jusqu'à demander un peu d'argent pour offrir un cadeau à celui qui m'invitait.

Voilà. J'étais content.

J'étais content pour eux.

C'est pour eux que j'ai décidé que oui, finalement, j'allais y passer, à cette soirée où j'avais été invité *in extremis*. C'est pour eux, pour qu'ils arrêtent de s'inquiéter comme ça, pour qu'ils arrêtent de regarder grandir leur monstre en se demandant ce qu'ils ont fait pour mériter ça.

Bon, d'accord, c'est aussi un peu pour moi. D'abord, je suis flatté que le mec le plus populaire du lycée m'invite. Et aussi parce que, parfois, malgré ce que je prétends, je ressens une pointe de jalousie quand les autres racontent les soirées auxquelles ils ont participé – même quand elles incluent du vomi partout, des jeux débiles et de la musique de merde.

Après tout, je peux bien faire une entorse à mon anormalité.

C'est comme ça que je me retrouve, presque euphorique (presque, hein, il ne faut tout de même pas exagérer), dans les rayons du supermarché culturel de la ville, à me demander ce qu'on achète à un mec de seize ans pour son anniversaire. Pas de CD puisque plus personne n'en achète. Une carte de téléchargements ? Très personnel, comme idée. Un DVD ? Je ne sais même pas les films qu'il a déjà vus. Reste un livre. C'est casse-gueule, un livre. T'as quatre-vingt-dix pour cent de chances que le mec qui ouvre le cadeau tire la tronche, parce qu'il déteste lire.

Et alors ? Au fond, je n'en ai pas grand-chose à faire. Ce n'est pas comme s'il allait devenir mon ami. Ce n'est pas comme si c'était important. Je vais en choisir un qui m'a vraiment marqué. Pas facile. Depuis quelques années, les romans sont devenus mes plus fidèles alliés. Ceux qui me murmurent que le rapport aux autres est encore possible et que la vie, ma foi, elle vaut le coup. *Soho, à la dérive.* Le bouquin d'un Anglais. Colin Wilson, il s'appelle. L'histoire d'un jeune gars à la dérive qui s'installe dans le Soho de Londres, dans les années 1960, qui noue des liens avec ses voisins – des artistes fauchés, des prostituées, des excentriques

– et qui, grâce à eux, retrouve une identité. Je sais, c'est un peu lourd, comme thème – mais ça m'a beaucoup touché.

Bon évidemment, ils ne l'ont pas en rayon. C'est un vieux titre. Il faudrait que je recherche sur Internet, mais le temps qu'ils l'envoient, l'anniversaire sera passé. Ne reste qu'une solution : donner le mien, d'exemplaire. Et en acheter un autre, pour remplacer l'original.

Oui, je vais faire ça.

Faut que je bricole du papier cadeau, du coup.

En chemin vers la soirée, j'ai un doute. Et si Thibaud était amoureux de moi ? Je m'arrête de marcher quelques minutes. Je me mets à rire silencieusement. C'est ridicule. C'est ridicule parce que j'ai vu les diverses conquêtes féminines de Thibaud depuis le début de l'année – ce n'est pas un bourreau des cœurs, parce qu'aucune ne pleure quand la séparation a lieu et qu'il reste en bons termes avec toutes les filles avec lesquelles il est sorti, mais c'est quand même une sorte de don Juan de cour de lycée. C'est ridicule surtout parce que, quand on me voit moi et quand on le voit lui, eh bien, ce n'est tout simplement pas possible. Je suis le papier peint de la pièce, invisible, rasant les murs. Il est le canapé qui trône au milieu du salon. Bref, notre amour est impossible.

J'ai la nostalgie de l'amour. Qu'il soit féminin ou masculin importe peu. C'est chiant, la nostalgie. Surtout que ce n'est pas de mon âge, merde.

À la fin de l'année de cinquième, je suis sorti avec une fille qui s'appelait Marine. Les profs adoraient nous voir, tous les deux – on devait leur rappeler des souvenirs. On s'attendait à la sortie du collège. On révisait les leçons ensemble. On découvrait nos bouches respectives. Ça a duré six mois. C'est probablement la période la plus colorée de ma vie. Parce qu'en plus de Marine, il y avait mes potes, Samuel et Jérémy. C'était bien, l'année de cinquième. Les vacances d'été suivantes. L'automne de la quatrième. Après, c'est autre chose.

Je me suis remis à marcher. Des formes et des couleurs passent devant mes yeux. Je me laisse absorber. Je sais qu'il ne faut pas. Je sais ce que je risque. Me faire renverser par une voiture. Tomber d'un pont. Disparaître momentanément ou non. Je me sens partir et, comme chaque fois, c'est doux et violent en même temps. Je n'arrive pas à l'expliquer. Je serre mes poings dans mes poches.

C'est là que je sens le papier cadeau.

Le livre.

Je remonte à la surface, d'un coup.

Je suis sonné, mais heureux. Je cours dans la rue. J'ai envie de faire la fête, ce soir. C'est la première fois depuis quatre ans.

Thibaud habite une de ces résidences classes du centre ville – d'anciens ateliers ou d'anciennes usines transformés en lofts blancs tendance verre-pierre-bois, le genre d'habitation qui passe dans les émissions de déco sur Arte le samedi soir. Il m'a précisé que son père et lui résidaient au tout dernier étage, un grand appartement en duplex. J'en ai déduit que les parents étaient divorcés et que la mère s'était barrée à l'autre bout de la planète. Ou alors qu'elle était morte.

Je reste quelques minutes devant la grille d'entrée de la résidence – j'entends les bribes de musique qui parviennent du haut, sur la droite. C'est tout ce que je déteste, cet endroit. Trop propre, trop léché, trop tout. À peine tu es entré que tu as envie de cracher dans le couloir, histoire de montrer à ceux qui habitent là ce que c'est que la vraie vie. Je pense à Thibaud, ses fringues savamment négligées, son allure nonchalante. Normalement, je devrais haïr ce type de mec – mais là, non. Je trouve qu'il ne cadre pas. Avec ce décor, là. Avec l'image qu'il projette. Mais c'est l'hôpital qui se fout de la charité. Moi, je ne cadre avec rien.

J'ai cadré, à un moment, longtemps. Avec la maison qu'on avait, à la campagne. Avec la rue, le quartier, le bourg où on vivait. Avec le pays, le monde, l'univers – je faisais un tout, j'étais une pièce de puzzle. C'était sûrement bien. Je dis "sûrement" parce que je ne m'en souviens plus exactement. J'ai l'impression que c'était il y a des siècles. Et que je suis l'homme le plus vieux de la planète. À seize ans.

Je sonne, mais évidemment, avec le bruit ambiant – pour l'instant ça s'excite sur *We No Speak Americano* –, personne n'entend. Je commence à pousser la porte quand Thibaud l'ouvre en grand. Je trébuche. Je manque de lui tomber dans les bras. Il éclate de rire. Je suis décontenancé. Je lui tends son cadeau. Je dis “Bon anniversaire !” et puis je profite du fait qu’une dénommée Astrid vienne se renseigner sur les toilettes pour fausser compagnie au maître de maison. Je déambule. J’ai toujours aimé déambuler dans les maisons des autres, essayer de me faire une idée de ceux qui reçoivent. C’est un privilège des enfants, ça. Il y a quelques années, pendant que mes parents s’installaient sur le canapé de leurs hôtes et commençaient l’apéritif, j’avais le droit de me balader dans la maison. Plus maintenant. Trop grand. En même temps, plus personne ne nous invite, alors c’est vite réglé.

Je reconnais évidemment plusieurs de mes camarades de classe. Je fais un vague signe de la main. Ils ont l’air surpris de me voir. On le serait à moins. C’est la première fois que je me rends à ce type de soirée. Je me promène, avec un verre à la main. J’imagine que c’est comme ça qu’il faut faire, pour avoir l’air à peu près naturel. Et surtout pour qu’on ne me pose aucune question. Ceci dit, vu le volume de la musique et le taux d’alcoolémie dans les corps, je ne risque rien. Je peux me détendre, là. Je ne risque rien. Je ne risque rien. Je ne risque rien.

— Ça va ?

Thibaud m’a rejoint dans un coin de la salle qui sert de piste de danse. Je souris. Je hoche la tête. Je réponds “Pas de problème”, pour lui donner bonne conscience, et je commence à fixer un point sur le mur d'en face pour éviter la conversation, mais il me touche le bras et lance :

— Si tu commences à mentir ce soir, on ne pourra jamais devenir amis.

Je suis tellement désarçonné que je ne trouve comme parade qu'une vague grimace – je fronce le sourcil gauche et je retrousse ma lèvre inférieure en prenant un air demeuré. Et tandis que je sens mon visage se déformer, je m'aperçois que la dernière fois que je l'ai utilisé, ce stratagème-là, c'était avec Samuel et Jérémy.

Un dimanche d'hiver.

Je glisse, là, je glisse.

Personne ne s'en rend compte mais je glisse.

Et, tout à coup, au-dessus de la musique, le rire de Thibaud – un rire clair, franc et massif. Les cauchemars retournent dans leurs placards, les monstres s'enfoncent sous la glace. Cela fait des années que je n'ai pas fait rire quelqu'un. Je n'en reviens pas. Thibaud me tape sur l'épaule et me fait signe de l'accompagner. Il ajoute aussi :

— Reste avec moi, on va faire le tour des pièces, ils verront bien comme ça que tu n'es pas là par hasard.

— Thibaud, je ne comprends pas ce que tu me trouves.

— Moi non plus. C'est ça qui est cool. Ah... au fait, si tu te posais des questions, je ne suis pas gay. Enfin, en même temps, je ne sais pas exactement puisque je n'ai jamais essayé. Disons que je n'ai pas l'impression que.

— Je ne me posais aucune question.

— Menteur. Et là, je suis sûr que tu es déçu.

— Déçu que tu ne sois pas amoureux de moi ? Tu te fais beaucoup trop de fleurs.

Je ne sais pas d'où me vient cet aplomb dans l'échange. Ni cette capacité à rebondir. De Thibaud sûrement. Il doit être ce genre de type qui pousse les autres à donner le meilleur d'eux-mêmes. Il devrait être coach sportif.

Thibaud se retourne et me gratifie d'un clin d'œil. Il dit “Voilà, *that's the spirit*” et nous entreprenons le tour du propriétaire. Lui, menant la marche, indiquant les pièces et les avantages du duplex comme si j'étais un acquéreur potentiel, et moi, derrière, impassible, légèrement méfiant – refusant de me faire arnaquer par un beau parleur. Lady Gaga psalmodie son *Poker Face* dans les enceintes. Je vis un rêve éveillé.

J'accepte le cocktail à base de vodka qui vient de m'être tendu, à la cuisine.

Je perds doucement la notion du temps. J'ai la tête qui tourne un peu, mais ce n'est pas désagréable. J'ai perdu Thibaud de vue, il y a quelques heures ou quelques minutes. Quelqu'un est venu lui parler des voisins qui commençaient à en avoir marre qu'un troupeau d'éléphants s'ébrouent sur leur plafond, et il est parti régler le problème. Je parlais avec je ne sais plus qui de je ne sais plus quoi, mais de toute façon, cela n'avait pas beaucoup d'importance. Des filles de la classe sont venues me voir, elles étaient curieuses, je n'étais pas très causant au lycée, elles venaient savoir ce que j'avais dans le ventre, pour le répéter aux copines, par la suite.

J'ai été civil, courtois et même drôle, je crois, mais ça, c'est peut-être un effet de l'alcool. Ma cote de popularité va grimper en flèche au bahut, lundi. Il était sans doute temps.

On ne peut pas passer sa vie à se fondre.

Quelques instants plus tard. Ma mémoire est un stroboscope qui hache menu les souvenirs. Thibaud est à nouveau à mes côtés. Il sourit. Il demande si je m'amuse.

— Oui.

— Je peux t'enlever un moment ?

— Tu veux m'emmener dans ton château sur ton cheval blanc ?

— Je vais finir par croire que tu en rêves.

— Va savoir.

— Tu y es, dans mon château. Sauf que…

— Sauf que ?

— Tu n'as pas encore visité la tour.

— Arrête, tu me fais peur.

Thibaud se lève, il indique de la tête le premier étage, il dit “Après vous, monseigneur”, et il s'efface devant moi.

Il y a du monde partout – et pas toujours dans un très bel état. Je reconnais Anaïs, ma voisine en histoire-géo, à moitié avachie sur un canapé, des traces de vomi séché sur le col de son sweat. Je me demande ce qui les pousse à se démonter la tête à ce point-là. Ce qui nous pousse, je devrais dire – mais non, eux et moi, ce n'est pas la même chose. Nous n'avons pas la même histoire.

Thibaud me touche le bras. “C’est par là” et, au fond du couloir, je découvre une porte de placard qui n’en est finalement pas une. Je ne peux pas m’empêcher de rire – et d’avoir peur tout à la fois.

— On se croirait dans *Alice au pays des merveilles.*

— Je ne suis pas ton Lapin blanc.

— Mon Chapelier fou, alors ?

— Monte. Sinon, je me transforme en Reine de jeu de cartes.

Devant nous, un escalier en colimaçon. Il débouche sur une petite terrasse, presque au faîte du toit. Au-dessous de nous, la résidence, l’avenue, la ville. Je ne l’ai jamais vue comme ça. Je ne sais pas pourquoi mais j’en ai immédiatement les larmes aux yeux, moi qui ne pleure jamais. Je suis obligé de m’asseoir, le dos contre le mur.

— Vertige ?

— On va dire ça.

— Ça recommence comme dans la cour du lycée ? Parce que, dans ce cas-là, faut me prévenir, je te fais redescendre dare-dare, je n’ai pas envie d’avoir ta mort par chute sur la conscience.

Il y a un drôle de silence. Je voudrais répondre, relancer la balle de ping-pong de la conversation mais il y a un truc qui me noue.

Je les vois passer – c’est un reflet très faible.

Il faisait tellement froid.

Il faisait tellement beau.

Non.

Refuse.

Accroche-toi à la voix. À la voix de Thibaud. Qui t'offre le panorama dans un geste ample. Voilà. Ici. Maintenant.

— Moi, c'est à ici que je pensais pendant le devoir de français. Et ensuite, quand tu as dit que le document t'avait touché intimement, j'ai eu envie de te faire découvrir mon antre.

— C'est très beau.

— Oui. En même temps, c'est parce qu'il fait doux et qu'il ne pleut pas. J'ai déjà essayé en plein hiver, je ne tiens pas longtemps.

— C'est différent du tableau de Friedrich. Le mec, il était en haut de sa montagne, et il allait redescendre, découvrir une autre existence, bonne ou mauvaise, il n'en savait rien.

— Et alors ? Où est la différence ?

— Nous, quand on va redescendre, on va reprendre notre vie où on l'a laissée.

— Je n'y crois pas une seconde.

— Comment ça ?

— À partir du moment où on est présent dans l'existence de l'autre alors qu'avant, on n'existait pas, tout est modifié. Tu veux une cigarette ?

— Je ne fume pas. Mais j'en prendrais bien une, juste pour me donner une contenance.

— Tu te sens mal à l'aise, là ?

— Non, pas du tout. Et oui aussi, un peu. On est très proches l'un de l'autre.

— C'est une toute petite terrasse. T'as toujours peur que je te saute dessus ?

— Non. C'est juste que… Je n'ai pas l'habitude.

— T'as pas d'amis ?

— Six cent soixante-quinze sur Facebook.

Thibaud éclate de rire et secoue la tête, mais il ne lâche pas le morceau. Et le morceau, c'est moi.

— D'accord. Qu'est-ce qui t'embarrasse, alors ?

— Je ne sais pas. Je… Ce n'est pas comme ça que ça se passe, quand on devient amis, non ?

— C'est vrai que tu es un spécialiste. Alors explique-moi.

— Disons que… on… on se côtoie, on se flaire, on traîne ensemble, on apprend à se connaître, tu vois, on ne… on ne se saute pas dessus.

— Disons que j'ai brûlé les étapes.

— Et je ne vois toujours pas pourquoi.

— Je trouve que tu t'exprimes très bien.

— Pardon ?

— Par rapport aux autres. Par rapport à moi, aussi. Quand tu prends la parole en cours, c'est clair, concis, lucide. Avec des mots précis, qui font mouche.

— Je ne participe pas souvent en classe.

— C'est exactement ce que je dis. Peu, mais bien. C'est exactement l'inverse de moi. Tu vois bien, genre, j'ai le doigt levé pour un rien, mais c'est très désordonné.

— Mais tout le monde t'écoute. Je ne suis pas comme ça.

— Que tu crois.

— Et le fait que je m'exprime très bien, comme tu dis, ça te suffit pour avoir envie de me connaître ?

— Ce n'est pas très fréquent. Et puis, est-ce que tu as vraiment besoin de tout analyser, comme ça ? C'est limite chiant. Tu ne peux pas, pour une fois, juste profiter de l'opportunité ?

Le coup, à bout portant.

Si j'étais debout, je vacillerais. C'est ce qu'une voix intérieure n'arrête pas de me répéter, jour après jour. Quand est-ce que tu vas profiter du moment présent ? Quand est-ce que tu vas te rendre compte que tu es en vie et qu'une vie, tu n'en as qu'une ? Tu devrais le savoir bon sang, non ? Surtout toi.

Je hoche la tête. Je dis "Thibaud, un point" et je le vois sourire à nouveau. Je me rends compte que j'aime bien le voir sourire. J'aime bien voir sourire les gens, en général – surtout quand j'en suis la cause. C'est rare, ces temps-ci. Thibaud se lève. Il envoie valser son mégot par-dessus le balcon. Il lance.

— Tu écris ?

— Hein ?

— Je me disais que comme tu savais choisir tes mots, peut-être que tu écrivais. Des nouvelles, des romans, des trucs comme ça.

— J'ai essayé. Je suis nul.

Je vois les trois cahiers dans mon bureau. Des débuts avortés. Des personnages inconsistants. Rien qui tienne la route.

— De la poésie ?

— C'est naze, la poésie. C'est anachronique.

— Ça rimerait avec quoi, "anachronique" ?

— Nique.
— Trop facile.
— Comique.
— Essaie encore.
— Technique. Rythmique. Mimique. Acoustique. Moustique.
— Trique. Chique.
— Magnifique.

Thibaud met les mains dans les poches arrière de son jean. Il dit qu'il va redescendre maintenant, il faut qu'il veille à ce que ça ne tourne pas trop à l'orgie quand même. Il dit aussi qu'il est vraiment content d'avoir passé ce moment avec moi. Je réponds que c'est moi qui dois le remercier. Que je n'ai pas parlé aussi longtemps avec quelqu'un depuis au moins quatre ans. Il se met à rire. Je lui demande pourquoi.

— Je ne sais pas, personne ne dit *depuis au moins quatre ans*. On dit depuis longtemps, depuis des mois, des années, des siècles, mais pas *depuis quatre ans*.

Je la sens, la vague glacée. L'éclat qu'elle donne à la nuit qui est tombée sur la ville. Je ne me laisserai pas emporter. Cette fois, je ne me laisserai pas emporter. Je lutte.

Heureusement, Thibaud reprend la parole.

— C'est ce dont je parlais tout à l'heure, tu vois. Tu t'exprimes différemment. Je... Voilà. Je fais partie d'un groupe, enfin, ce n'est pas vraiment un groupe, c'est une association, une réunion de gens...

D'un seul coup, les sueurs froides. Thibaud en membre recruteur d'une secte. Une tête chercheuse en train de prospecter. Chargé de repérer les âmes les plus faibles et les plus à même de tomber dans les filets idéologiques.

Merde. Je me suis bien fait avoir.

Mais c'était sûr. C'est pas normal de s'intéresser à moi.

— … des slammeurs.

— Des quoi ?

— Slammeurs. Le slam, tu vois ce que c'est, quand même ?

— Ah oui… oui, bien sûr.

— Voilà. On organise des soirées dans des bars, une fois par mois. C'est ouvert à tout le monde. Les gens viennent slammer les textes qu'ils ont écrits entre les deux rendez-vous, c'est vraiment sympa, tu sais, on est là pour écouter et encourager, j'aimerais bien que tu passes, la prochaine fois. C'est l'occasion de rencontrer beaucoup de monde d'horizons très divers, il n'y a personne du lycée, à ma connaissance.

— Je… Je n'ai rien à offrir. Je n'ai pas de textes.

— On peut venir en tant que spectateur, personne n'est obligé de participer activement, je vais essayer de glisser "anachronique" dans le prochain texte que je rédigerai, la prochaine séance, c'est vendredi, ça t'intéresse ?

— Je… Oui, pourquoi pas ?

— OK. Parfait. Je suis content. Je rejoins les autres maintenant. Ce sont mes copains Facebook à moi. Tu peux rester là autant que tu veux. La terrasse est à toi.

Un clin d'œil. Il disparaît.

Merde.

Un ami.

Moi qui avais juré que.
Manquait plus que ça.

Et dedans, ça lutte – ça lutte pour sortir, les mots, les couleurs, les sons, les geysers, le chaud, le chaud, le chaud.

J'ai envie de danser.

4

JE SUIS ASSIS DANS UN COIN DE LA SALLE. J'observe. Je n'en reviens pas d'être là. Jusqu'à cet après-midi, j'étais persuadé que je ne viendrais pas. Malgré le SMS de Thibaud qui m'assurait qu'il serait là, en forme, même s'il est absent depuis une semaine, au lycée. Il est tombé malade juste après la fête, paraît-il. Un virus qui devait traîner dans l'appartement transformé en bouillon de culture. J'ai hésité plusieurs fois à l'appeler, j'aurais certainement dû, mais je ne l'ai pas fait. J'étais content, bizarrement, qu'il ne soit pas là. Ça me donnait le temps de m'habituer aux changements.

Parce que des changements, mine de rien, il y en a eu. Mes camarades de classe ont découvert que j'existais, samedi dernier. Ils ont vu que j'étais invité, et que le maître de maison n'arrêtait pas de me parler – du coup, c'est comme un adoubement. Je fais partie de leur groupe. C'est un groupe aux contours informes et lâches – mais mû par une réelle dynamique. J'ai déjà accepté une soirée chez F. X. la semaine prochaine et une journée-séries-américaines-qui-font-peur dans la maison de campagne de Gladys, aux vacances de Noël. Je m'aperçois aussi que je n'ai pas perdu la main, malgré toutes ces années. Je sais encore lancer des vannes sans méchanceté et sourire quand il le faut. On aimait bien ça chez moi, avant.

Derrière mon dos, j'entends des "Eh ben, je ne croyais pas qu'il était comme ça, lui !" et des : "Ah ben merde alors !" Je laisse les mots couler sur moi. J'ai décidé qu'ils me faisaient du bien.

Après, on verra.

On verra bien.

C'est sûr, il y a un moment où ça va se gâter, mais pour une fois, je ne veux pas y penser.

Et ça, oui, c'est nouveau.

En rentrant de la fête, l'autre soir, j'étais réellement chamboulé. Je n'ai pas réussi à me coucher tout de suite. J'étais dans la cuisine, à trois heures du matin ; je regardais par la fenêtre, des centaines d'images se télescopaient, des voix aussi, des bribes de conversation. Je ne parvenais pas à faire le tri.

Quand ma mère m'a touché l'épaule, j'ai poussé un cri. Elle aussi, en retour. Du coup, nous sommes partis à rire, juste après.

Et puis nous sommes restés silencieux. Parce que nous savions pertinemment, tous les deux, que c'était la première fois que nous riions ensemble depuis quatre ans.

Pourtant, nous étions connus pour ça, la mère et le fils. Pour notre complicité. Pour nos éclats de rire, sonores, fréquents. Quand nous habitions encore La

Villeneuve, j'avais cette vie, totalement différente. Ne croyez pas que je ne la regrette pas. Je regrette tout. Absolument tout.

— Alors, cette soirée ?
— Bien, maman.
— Vrai ?
— Quelle heure est-il ?
— Bientôt quatre heures.
— C'est la preuve que ça m'a plu, non ? Tu ne dormais pas ?
— Je t'attendais.
— Désolé.
— Non. J'étais contente de t'attendre.

Dans n'importe quelle famille, c'est un dialogue ahurissant. Dans n'importe quelle famille, les parents qui accueillent au petit matin leur fils de retour de fiesta se mettent en colère ou, au moins, bougonnent. Dans n'importe quelle famille, on hurle des "Va te coucher !" ou des : "Tu empestes l'alcool et la cigarette !" Le truc, c'est que je ne suis pas né dans n'importe quelle famille. Enfin, non, ce n'est pas vrai. Je suis né dans une famille comme n'importe quelle autre, j'y ai grandi, et puis un jour, tout a basculé. Il paraît que ça arrive à tout le monde – on croit être sur de la terre ferme, mais en fait c'est un lac gelé et la glace craque.

Les mots m'ont débordé. Les images sont remontées à la surface. J'ai revu les rues de La Villeneuve. Le terrain de foot.

J'ai entendu les pas de ma mère à l'étage, qui partait se recoucher – et mon père qui murmurait "Tout va bien ?" –, je suis allé dans la salle de bains, j'ai pris deux somnifères. Je sais que je ne devrais pas, en ayant consommé de l'alcool et en étant déjà épuisé physiquement. Sauf que personne n'est à ma place. Et que je fais ce que je veux de la vie qu'il me reste.

J'avais décidé que je n'irais pas au *Trublion.*

J'avais vu l'annonce de la soirée dans le journal local. J'avais reçu les SMS de Thibaud. Mais je ne voyais pas bien ce que j'allais y faire. Et puis il fallait y aller tranquillement, avec moi. Je me réhabituais à la compagnie, à la société, je ne pouvais pas enchaîner soirée sur soirée. C'est ma mère qui m'a forcé. Je sais. C'est hallucinant.

J'ai eu le malheur de lui parler de l'invitation de Thibaud. Du bar. J'ai haussé les épaules. J'ai expliqué que ça tombait mal, il y avait un devoir d'anglais à rendre, et je ne l'avais même pas commencé. Elle a tapé sur la table de la cuisine, et nous avons tous sursauté.

— Tu y vas, un point, c'est tout.

J'ai vu mon père sourire – enfin, comme mon père quand il sourit, c'est-à-dire juste une esquisse de sourire, le coin des lèvres qui se soulève imperceptiblement. Je crois que c'est ce qui m'a décidé, au fond. J'aime bien voir mon père sourire.

Voilà. Et maintenant, je suis là, exposé.

Je touille mon café pour cacher ma nervosité. Jamais café n'aura été aussi bien touillé – je m'en fous, je n'aime pas ça, le café. J'aurais bien commandé une bière, en fait. Simplement, je n'en ai pas le droit.

J'observe.

La salle se remplit peu à peu. Bientôt, on va étouffer. Lorsque Thibaud a parlé de ces soirées, la semaine dernière, j'ai imaginé qu'il n'y avait qu'une dizaine de personnes qui dévidaient leurs textes dans le micro, qu'une autre dizaine de personnes applaudissaient poliment. J'étais très loin de concevoir la popularité de ces réunions. Tout à l'heure, j'ai compté déjà cinquante amateurs dans le bar, et depuis, ça n'arrête pas de rentrer. C'est impressionnant de se rendre compte qu'il se passe des choses, dans la ville où tu habites, des trucs dont tu n'as aucune idée. En même temps, ce n'est pas surprenant – jusqu'à la semaine dernière, je ne voulais être au courant de rien. Je n'avais qu'un but dans la vie : ressembler au papier peint neutre d'une pièce anonyme – genre celui de la salle d'attente du dentiste.

Le public est vraiment bigarré. Il y en a de toutes les couleurs, de toutes les tailles, de tous les accents, de toutes les circonférences. Au bar, une très grosse fille parle avec un mec limite anorexique, le contraste est tellement frappant que c'est difficile de détacher les yeux du tableau qu'ils offrent. À côté d'eux, sur un tabouret, il y a une vieille. Et quand je dis vieille, je veux dire vraiment vieille. Tendance soixante-dix, quatre-vingts ans. Je me demande ce qu'elle fait là, la mamie. Elle doit s'ennuyer toute seule dans son appartement, alors elle vient aux soirées slam histoire de voir du monde. Comme elle n'entend plus très bien, elle ne comprend pas les trois quarts des textes, mais ça n'a aucune importance. Elle a l'impression d'avoir encore une vie sociale.

Une tape sur l'épaule.

Thibaud est là. Je ne l'ai pas vu entrer. Il s'installe en face de moi. Il sourit. Il dit qu'il est content que je sois venu. Je réponds qu'honnêtement, je suis moi-même étonné d'être là. Je demande s'il connaît la vioque, au bar.

— Amanda ?

— Pardon ?

— C'est son nom. Elle s'appelle Amanda. C'est une fidèle.

— Elle participe aussi ?

Je n'entends pas la réponse de Thibaud parce qu'un grand échalas d'une trentaine d'années, avec des dreads partout, vient de prendre le micro sous les acclamations. Il se présente, pour les nouveaux – et là, il m'adresse un clin d'œil qui me donne envie de rentrer dans un trou de souris. Son nom c'est Louis Brulefert mais tout le monde le connaît mieux sous le patronyme de Burnz. Je lève les yeux au ciel – si tout le monde s'affuble de surnoms aussi ridicules, on est mal barrés. À part ça, ledit Burnz a du bagout. Il parvient à remercier les différents partenaires qui permettent à l'association Slam Va Bien d'organiser des soirées, sans que ça soit pénible. Je l'écoute scander les syllabes, je pense au cours d'anglais, l'année dernière, le jour où la prof, d'un seul coup métamorphosée, s'était mise à nous présenter les différents types de rythme de la poésie anglo-saxonne. Nous n'avions rien compris, certains avaient lancé des vannes, j'avais souri mais tout au fond de moi, quelque chose avait bougé. J'avais compris d'un coup que les mots avaient leur propre vie, et que, en les assemblant, parfois, on pouvait faire naître un truc proche de la magie.

Je ne l'ai dit à personne, parce que je n'avais personne à qui le dire, mais c'est l'une des seules lueurs d'espoir des quatre dernières années.

Et pendant que je pars dans mes pensées, Burnz introduit les règles. Ce soir, douze slammeurs vont se succéder. À la fin de chaque passage, le jury ici présent (un grand Black, une fille aux cheveux orange avec un piercing sur la lèvre supérieure, un quadragénaire portant un sweat à capuche et la femme du propriétaire des lieux) donnera des notes de 1 à 10. Les totaux seront effectués après le premier tour, et on demandera aux trois meilleurs slammeurs du soir de revenir sur scène avec un deuxième texte. Vote à nouveau. À la fin de la soirée, le roi d'un soir sera élu – et il aura droit à deux consommations gratuites.

Tout le monde hoche la tête en souriant. Il n'y a que moi qui sois choqué.

Je pousse Thibaud du coude.

— Tu ne m'avais pas parlé d'une compétition !

— Oui. Pas la peine de dire que ce n'est pas le côté que je préfère. Je leur en ai déjà touché deux mots, mais bon, apparemment, ils y tiennent tous. Bizarre, non ? En même temps, tu sais, tout ça est très cool, tout le monde sait qui a déjà été sélectionné et élu, et ça tourne. Mais il paraît qu'il faut quand même une carotte au bout, un semblant de suspense.

— Tu as déjà été dans les trois derniers ?

— Non. Mais j'espère bien que ce soir, c'est mon tour. Mathématiquement, ça l'est, en tout cas !

Et la voix de Burnz qui reprend.

— Maintenant, place à la langue et à ses effets de style, ses pièges et ses pierres précieuses, et quand je dis pierre précieuse, je pense évidemment à notre émeraude, au topaze de nos nuits slammeuses, notre royal bijou, notre étendard et notre mascotte, notre noisette et notre amande, j'appelle A-man-da.

Ladite Amanda s'avance.

Elle est habillée comme toute grand-mère qui se respecte. Pantalon beige, gilet blanc cassé. Elle chausse ses lunettes et donne un coup d'œil autoritaire à un gars d'une vingtaine d'années qui tient un djembé entre ses jambes. Elle me fait penser à la directrice de l'école maternelle où j'allais, quand j'étais petit. Elle tape du pied – deux fois, trois fois. Et elle se met à parler, d'une voix étonnamment claire et forte. Les phrases s'enchaînent et le son du djembé double leur rythme. Je sens mon pied gauche qui se soulève et s'abaisse – je souris. Amanda slamme le temps qui passe, les gens qui la regardent avec une gentillesse où suinte le mépris, l'apparence, les souvenirs, l'être et le paraître. Une question, au centre du texte, lancinante – "Est-ce que tu réalises / Que la vieille que tu toises / A connu la joie et l'extase / Le feu de la révolte insoumise ?" Elle finit en brandissant le poing, sous un tonnerre d'applaudissements. Je suis scotché. Je me retourne vers Thibaud, qui rayonne.

— Merde ! Mais d'où elle vient, elle ?

— C'est une bonnetière. Syndicaliste. Elle a fait partie de la première vague de licenciements quand les usines ont été délocalisées. Elle touche à peine huit cents euros de retraite. Tu t'imagines ce que c'est, vivre avec huit cents euros quand tu dois payer l'appartement, le chauffage, l'électricité, la bouffe ? Il ne reste rien pour les loisirs. Alors, elle passe ses journées à la médiathèque. Elle lit, elle écoute de la musique. Mais sa rage est intacte. C'est pour ça qu'elle vient ici.

— Ils sont tous comme ça ?

— Tous qui ?

— Les gens qui sont dans la salle ?

— Disons qu'ils ont tous une histoire. T'en as une aussi, ne t'inquiète pas.

— Je ne m'inquiète pas. J'encaisse.

Je ne m'inquiète pas, Thibaud.

Je sais que j'en ai une, d'histoire. Ce que je voudrais, moi, ce n'est pas la faire revivre et l'exhiber. Au contraire. Mon vœu le plus cher, c'est d'oublier. Me réveiller un matin et me dire : "Ah tiens, c'est ballot, je ne me souviens de rien."

Burnz à nouveau, qui explique qu'Amanda, elle est hors concours, qu'on ne l'accepte plus comme concurrente parce que si elle s'inscrit, tous les autres baissent les bras. Nouvelle salve d'applaudissements. Amanda ne rougit pas. Elle jette un regard de défi à tous ces gamins qui pourraient être ses petits-enfants, et elle retourne s'asseoir, à côté du jury. Burnz ajoute qu'à partir de ce soir, Amanda fait partie des jurés – il y aura donc cinq notes, désormais.

Je suis dans la soirée. Complètement dedans. Moi qui pensais rester extérieur, témoin impartial.

Je n'en reviens pas.

Je me retourne vers Thibaud. C'est mon allié, mon poteau, mon ancre dans un décor qui bouge.

— Et Burnz, c'est quoi, son histoire ?

— Burnz, c'est une comédie dramatique à lui tout seul. L'histoire du mec qui est doué pour l'animation et que tout le monde pousse à monter à Paris pour suivre des écoles, faire des castings, devenir chauffeur de salle – ou au moins G. O. pour des clubs de vacances, mais non, lui, il veut rester là, parce qu'ici, il y a sa fiancée, qu'elle est prof des écoles dans le département, et qu'il est amoureux, Burnz. Du coup, il ne décolle pas. Et toi, tu veux partir, après le bac ?

— Oui.

— Tu veux aller où ?

— Je sais pas. Loin. Idéalement, à l'autre bout de la planète. Pas toi ?

— Oh non, moi tu sais... Je crois que je vais tenter de rester là, peinard, à regarder vieillir les gens autour de moi, et puis plus tard, grandir leurs enfants, qui plus tard encore me jetteront des pierres.

— Sérieux ?

— Non. Je n'en sais rien non plus. Disons que la perspective de partir ne me réjouit pas plus que ça.

— C'est parce que t'es le roi du lycée. Les rois du lycée, ça n'a jamais envie que le lycée se termine.

— Et toi, tu es qui ?

La question se perd dans le brouhaha du bar, je fais une grimace qui peut signifier tout et rien, mais les mots m'ont atteint, je le sens, là, juste en dessous de la poitrine. Moi. Qui je suis.

Il y a un moment où c'était facile de répondre. J'étais le fils de mes parents. Le bon-élève-presque-premier-de-la-classe-mais-pas-premier-quand-même, à l'école. Un des trois du trio inséparable. Et puis, après, tout a explosé. Maintenant, je ramasse les pièces du puzzle et j'essaie de créer un nouveau tableau. Un truc pas trop cubiste, si possible. J'aimerais pas avoir la gueule d'un Picasso – mais pour l'instant, de toute façon, je ne ressemble qu'à un tableau complètement abstrait. Et inhumain.

La voix de Burnz à nouveau – et les slammeurs qui défilent. Un mec en blouson de cuir qui déclame une ode à sa grand-mère, une fille hargneuse qui s'en prend aux mâles de la police, un rasta tranquille qui parle de Kalachnikov. Je me laisse bercer par la chaleur du bar, la proximité de Thibaud. Je suis moins attentif que tout à l'heure. Je baisse la garde.

Et comme chaque fois que je baisse la garde, les images remontent.

Je me souviens de la lumière.

C'est elle qui m'a fait ouvrir les yeux. Elle, et ce silence si particulier – tous les bruits étouffés à l'extérieur. Avant même d'ouvrir les volets, je savais qu'il avait neigé. Beaucoup. Ce n'était pas une surprise. Nous attendions la neige depuis des jours. Les nuages gris se teintaient de jaune, le soir. Les vieux, dans le village, regardaient le ciel et marmonnaient que c'était pour bientôt. Ils dévalisaient la supérette. Ils se préparaient à un siège. Les enfants, c'était l'inverse. L'excitation grandissait. Ils imaginaient déjà les bonshommes, les boules, la luge, les pentes à dévaler, les habits trempés, le bout du nez rouge, les rires. Et moi, j'étais comme eux. Parce que j'étais un enfant.

Ou plus tout à fait.

Dans l'entre-deux. C'est ça, j'étais dans l'entre-deux. Treize ans. On m'avait souvent répété que c'était un passage difficile, l'entrée dans l'adolescence. Pour l'instant, je ne trouvais pas. Je savais à quel point j'étais privilégié. Des parents attentifs. Un pavillon à la campagne. Un collège sans histoire. Des copains. Et deux amis, à la vie, à la mort. Manquait sûrement de l'amour, une fille en permanence à mes côtés, mais je crois que je n'en avais pas vraiment envie. Pas encore. J'étais bien comme ça. La vie s'écoulait. J'avais tout le temps devant moi. J'avais le droit d'être un ado avec des sautes d'humeur et des emportements incompréhensibles. J'avais aussi le droit d'être un môme qui a envie de jouer dans la neige.

J'ai enfilé un tee-shirt et j'ai ouvert la fenêtre, puis les volets. Le froid s'est engouffré dans la pièce. Je n'ai même pas frissonné. J'étais tellement content. Tout était blanc, à perte de vue. C'était tellement beau.

Thibaud fait claquer ses doigts devant mon visage. Je sursaute. Je ne sais plus exactement où je suis. Comme chaque fois. Les bruits du bar se heurtent au silence de la neige. Les visages se superposent. Il y a trop de lumière. Je serre les dents. Je ne tomberai pas à nouveau. Ma vie prend un nouveau tournant. Je ne m'emplafonnerai pas le mur.

— Ça va ?

— Impec.

— Dis donc, tu pars loin, toi. Sans prévenir.

— Désolé, ça m'arrive parfois.

Je tente un rire. Forcé. Minable. Les yeux de Thibaud. Son regard qui se plisse et m'observe.

— J'ai remarqué, oui.

— Tu disais quoi ?

— Que c'était bientôt mon tour.

— Tu vas déclamer ?

— Wow. "Déclamer", c'est curieux, comme verbe. Je vais poser un slam, oui.

— Génial !

— T'en sais rien. Tu ne l'as pas entendu.

Il sourit. On entend les applaudissements après le passage d'une fille maigre, en blouson de cuir. Thibaud ne m'a pas lâché du regard. Il dit "Un jour, faudra bien que tu la racontes aussi, ton histoire" et puis Burnz reprend le micro et en deux minutes, Thibaud n'est plus à côté de moi. Il est là, au centre du bar, sous les hourras. Les rois du lycée, c'est comme ça. Quand ils apparaissent, tout le monde les acclame.

Ses yeux balaient la pièce et se fixent sur le mur d'en face – un jaune crémeux, un peu écaillé. Un très léger soupir. Et l'envol.

Couloir, coule dans le noir, cloue le soir, je cherche,
Corridor, corrida, des corps, des idées, je cherche,
Musique, assourdissante, sens, ressens, je traverse,

Éclats de voix, de mots, de rires, de verre je traverse,
La fête.

Soirée, organisée, arrosée, désincarnée, je déambule
Champagne, alcools forts, fumées diverses, préambule
À tous les excès, vitesse, ivresse, paresse, noctambule
Mélanges liquides, solides, fluides, j'avance, je recule
En fait.

Devant moi, des mains, des bras, des épaules, j'aimerais
Dans mon verre, soda, cocktail, glaçons, je souhaiterais
Des phrases, du silence, du temps, de l'élan, je voudrais
Des outils, marteau, pic, marteau-piqueur, ce qui pourrait
Briser.

Casser la routine, amis, connaissances d'une nuit, oubli
Rires, automatiques, anachroniques, sitôt jetés sitôt enfuis
Super, superficiel, superficie des sentiments tout au fond
S'étranglent les mots, les espoirs, le profond, alors je romps,
La glace.

Brise-glace, je suis brise-banquise, découvreur de terre,
Réchauffeur planétaire, un homme à effet de serre,
Démolisseur de pôles, amateur d'équateur, observant
Sous mes lunettes astronomiques, comment nous devenons
Amis.
Mes amis.

Après, je n'entends plus rien. Je vois les spectateurs se lever, applaudir, entourer les épaules de Thibaud. Simplement, il n'y a plus de son. Ils ouvrent leurs bouches, les ferment. Ce sont des poissons dans un aquarium. Et moi, sous l'eau, comme eux, je monte à la surface chercher de l'air. Parce que de l'air, il m'en faut. Je m'esquive. Je bouscule. Je bredouille des excuses. Soudain, je suis dehors. Il fait froid. De la buée sort quand j'expire. Tout se superpose. Je me mets à courir sans l'avoir décidé. C'est mon corps qui réagit. Courir, ça ne réveille pas. Courir, ça endort. Et ça endolorit. Et pour l'instant, c'est ce dont j'ai besoin.

Le reste, on verra après.

5

— TU ES PARTI COMME UN VOLEUR !
— Tu me l'as déjà dit.
— Tu ne m'as pas expliqué pourquoi.
— Tu ne me l'as pas demandé.

Nous sommes assis l'un en face de l'autre au Bar des Halles. Nous nous regardons droit dans les yeux. J'apprécie ça. J'étais encore au lit quand Thibaud m'a envoyé un SMS – la même phrase que celle qu'il vient de prononcer pour commencer la conversation : "Tu es parti comme un voleur." J'ai pris l'initiative. Je lui ai répondu : "Dans une heure, au Bar des Halles." Et nous y voici. Je suis fier de moi. Fier d'avoir imposé mon rythme. Fier d'être debout alors que la nuit m'a épuisé, j'ai lutté contre les images et les bas-fonds. Je suis vivant. Putain. Je suis vivant.

— Alors, je te le demande.
— C'était trop pour moi.
— Trop quoi ?
— Trop tout. Je n'ai pas l'habitude. Des gens. Du monde. De la chaleur. D'avoir un ami.

— Va falloir t'y faire.

— C'est ce que je dis. Ça prendra un peu de temps ! Et puis ton texte, il… C'est dingue, tu trouves que je m'exprime bien, mais je ne suis pas capable de faire moitié aussi bien que toi.

— Tu n'as même pas essayé.

— Tu glisses sur les mots, sur les sonorités, c'est impressionnant. Ça donne le vertige.

— Arrête. Il y a des enchaînements idiots et la ligne en "-ique" était ridicule.

— Mais tu as casé "anachronique".

— Je tiens ma parole.

Nous restons un moment comme ça, sans rien dire. Thibaud s'absorbe dans la contemplation de la rue, de l'autre côté de la baie vitrée. Je me concentre sur la table noire, les grains de sucre qui forment presque un chemin, la petite cuillère tachée, je suis le roi du détail, c'est important le détail, c'est capital, le détail. Je pourrais me fondre dedans, mais Thibaud ne m'en laisse pas le temps.

— J'ai lu ton livre.

— Hein ?

— Le bouquin que tu m'as offert pour mon anniversaire.

— Et ?

— C'est ce qui m'a donné envie d'écrire le texte que tu as entendu.

— Arrête !

— Je te jure. Ça et la soirée où tu es venu, bien sûr. Ça a fait une sorte de mélange dans ma tête.

— Joli mélange.

— Je n'ai jamais écrit de truc aussi bon.

— Ah ! Tu vois ! Tu le reconnais toi-même !

— Je crois vraiment qu'on est faits pour s'entendre, Aurélien. Je crois que parfois, les rencontres, ce sont des évidences. Je pense qu'on va faire un sacré bout de chemin ensemble. Tu sais, les amis de mon père, ce sont des gens qu'il a rencontrés quand il avait seize ou dix-sept ans.

— Et ta mère ?

Les mots se sont échappés avant que j'aie pu les retenir. Je sens la crispation dans les doigts de Thibaud. Ils se recroquevillent sur l'anse de son sac. Je savais bien qu'il ne fallait pas que j'aborde le sujet – trop tard. Mais après tout, entre amis, on doit vraiment tout se dire, non ?

Je sais.

Je suis mal placé pour affirmer ça.

Je suis le cordonnier le plus mal chaussé de l'univers.

— Pourquoi tu me demandes ça ?

— Parce que tu n'en parles jamais.

— Il n'y a pas grand-chose à en dire. Elle était là la semaine dernière. Elle habite aux États-Unis.

— C'est pour ça que tu n'es pas venu au lycée ?

— En partie. Mais j'étais vraiment malade, aussi. De toute façon, chaque fois, c'est la même chose. Quand elle vient, mon père prend la poudre d'escampette et moi, je tombe malade.

— Ça fait longtemps qu'elle habite là-bas ?

— Ils ont divorcé quand j'avais douze ans. C'est tellement banal. Bon, sauf qu'elle, son nouvel amant, il habite à Washington. Il est prof là-bas. Au lycée français.

— Il a des enfants ?

— Non. Je suppose que c'est ce qui l'a attirée en lui aussi. Disons que ma mère n'est pas très… maternelle. Enfin, elle aimerait bien croire qu'elle l'est, mais c'est le genre de mère à s'agacer vite quand il y a des enfants dans le coin. Et à oublier tes anniversaires aussi. Elle vient deux semaines par an, une en été, une en hiver, elle est fière d'elle-même. Elle fait sa B. A.

— Encore plus si tu tombes malade chaque fois.

— Oui. J'y ai déjà pensé. C'est pratique. Comme ça, elle fait l'aide-soignante, elle a bonne conscience. Et puis elle est tranquille quand même. Elle peut aller dévaliser les magasins d'usine. Et toi, tes parents ?

— Ils sont bien.

— Sérieux ? D'après ce que tu racontais à l'infirmière du lycée, j'avais l'impression qu'ils t'étouffaient.

— Je suis assez grand pour m'étouffer tout seul.

La phrase, lancée comme un missile, laisse un cratère dans la conversation – Thibaud me dévisage, décontenancé – et puis il glisse un "Ben, putain" sidéré et il sourit. Un sourire qui s'élargit. Qui se transforme en rire, petit à petit. Alors moi aussi, je me mets à rire. Parce qu'il n'y a que ça à faire. Et parce que je suis content que Thibaud soit venu m'adresser la parole, dans la cour. Parce que c'est bon de pouvoir parler. Parce que la vie partagée, c'est quand même mieux.

Mais ça, je le savais déjà.

Simplement, c'était comme un souvenir très ancien. Une photo en noir en blanc.

Surtout en blanc.

La neige. La neige partout. Je suis debout devant la fenêtre ouverte. Je grelotte mais je suis heureux. J'anticipe la journée à venir. J'entends les bruits dans la cuisine. Ma mère qui prépare la table du petit déjeuner. Je l'imagine qui grommelle. Elle déteste la neige, ma mère. Elle n'en voit que les inconvénients. Les routes qui glissent. La circulation perturbée. L'impossibilité de se rendre au supermarché. Mon père qui lui dit : "Arrête, Christelle, profite un peu. C'est extra, pour les gamins."

Je les regrette, ces parents-là. Je les ai encore, à mes côtés. Mais je les regrette quand même. C'est comme tout, désormais. J'ai tout à portée de main, mais je ne parviens pas à toucher quoi que ce soit. Parce que je sais que je vais le regretter.

— T'es encore barré !

— Pardon.

— C'est dingue, cette manie que tu as de t'extraire du moment. Alors ?

— Alors quoi ?

— D'accord, tu n'as même pas entendu ma question.

— Re-pardon.

— Ça ne te tente pas, d'écrire un slam ?

— Je ne sais pas.

— C'est déjà mieux qu'un refus pur et simple.

— C'est quand la prochaine séance ?

— Dans trois semaines. Même lieu. Même heure. En parlant de séance, t'as pas envie d'aller au ciné ?

— Je… Oui, pourquoi pas ?

— Cool.

Cool, oui.

Cool, en anglais, ça veut dire “frais”. Frais, c’est un état intermédiaire entre l’automne et l’hiver ou entre l’hiver et le printemps. Soit on va vers le mieux, soit on se dirige vers le pire. Maintenant que je secoue la poudreuse sur mes vêtements, maintenant que je me relève, j’espère que le soleil va pointer. J’espère mars, avril, mai, juin. L’été. Enfin, l’été.

Nous restons ensemble une bonne partie de la journée. Je téléphone à mes parents. Ils sont d’accord pour tout – encore. Nous achetons des parts de pizzas que nous engloutissons sur la place de la République, en regardant passer les gens. Nous allons au cinéma. Il commence à faire froid. Dans quelques semaines, c’est Noël et le 1er de l’an. La période que je déteste le plus – celle où tout est lugubre. Sauf que cette fois-ci, Thibaud propose de m’agglomérer à une fête, pour le réveillon du 31. Une centaine de nos congénères, dans la maison désertée d’une connaissance à lui. Je dis oui à tout. J’accepte les rayons de soleil. Plus tard, dans l’après-midi, nous retrouvons des filles de notre classe, que Thibaud a contactées par SMS. Nous arpentons les rues, nous traînons dans les magasins, nous parlons des films que nous avons vus et je me trouve des points communs avec Léa, qui est assise juste derrière moi en cours de français. Nous hochons la tête de concert. Nous notons mentalement nos prénoms respectifs – nous les ferons revivre quand nous serons couchés, seuls. Nous jouerons avec. Nous imaginerons ce qui se passerait si. Dans ma poitrine, l’air circule – il circule même tellement fort qu'il brûle la gorge, l'œsophage, le tube digestif.

Doucement.

Il faut que j'y aille doucement.

Mon corps ne peut pas, d'un coup, reprendre une température normale.

Lorsque je rentre chez moi, le soir, je suis épuisé. J'ai aussi les larmes aux yeux. Je me fais croire que c'est le vent du nord qui s'est levé en fin d'après-midi. J'ai les oreilles gelées. J'avais oublié ce que ça faisait, d'avoir les oreilles gelées. Depuis quatre ans, quand l'hiver arrive, j'hiberne. Pour aller à l'école, je remonte le col de mon manteau, je fourre mon nez dans mon écharpe, et j'enfonce mon bonnet sur mon crâne. Je pourrais être n'importe qui. Je suis n'importe qui.

Ce n'est pas ce que pense Léa. Avant de nous séparer, elle m'a donné son numéro de portable. Elle a ajouté sans sourire qu'elle ne le donnait pas à n'importe qui. J'ai aimé ne pas la voir sourire à ce moment-là. Si je me mets à aimer aussi les moments où les gens ne sourient pas, je suis mal barré.

Quand je suis rentré, ma mère a jeté un coup d'œil à la pendule. Il était sept heures et demie. Elle a murmuré que c'était quand même un peu tard. J'ai répondu qu'elle avait le droit de m'engueuler. Elle ne l'a pas fait, bien sûr. Pourtant, je crois que j'aurais adoré. Ça aurait signé mon retour dans la vie normale.

Mais je ne dois pas précipiter les choses.

En revanche, je peux peut-être précipiter les mots.

Je crois qu'ils n'attendent que ça.

Je ne produis rien.

Il est vingt-trois heures. Je suis remonté juste après le dîner, que j'ai expédié rapidement. J'entendais les rythmes, les phrases qui se bousculaient, quelque part dans le fond de la gorge, prêts à sortir. J'étais dans un état d'excitation peu commun chez moi ces derniers temps. Je suis sûr que mes parents se sont demandé si j'avais pris de la drogue, et si, quand même, il fallait réagir. J'ai monté les escaliers quatre à quatre, j'ai dégagé le devoir d'anglais qui faisait tache sur mon bureau, j'ai sorti des copies vierges, me suis saisi de mon stylo préféré et là.

Rien.

Depuis deux heures et demie, rien. 60 + 60 + 30 = 150 minutes à ne rien glander. J'ai abandonné le stylo. J'ai repoussé le papier. J'ai pris mon Ipod et vissé le casque sur les oreilles. Je divague, de morceau en morceau. Je ronge ma déception. Mais en même temps, je n'en attendais pas moins de moi. Je ne suis bon qu'à perdre – c'est normal que je ne sache rien créer. J'anticipe la vie devant moi – du gris, de plus en plus foncé. Un emploi où on ne me demandera surtout pas de prendre des initiatives. Des relations avortées, parce que je serai incapable de m'engager. Pas d'enfants. Un appartement blanc. La seule touche de clarté. Blanc. Blanc. Complètement blanc. Il paraît que dans certaines cultures, c'est la couleur du deuil, le blanc. Je ferme les yeux. À l'intérieur aussi, tout est blanc.

C'était tellement beau, tu sais.

Je regardais le village, la campagne aux alentours. Tout était blanc. J'ai pris mon petit déjeuner en vitesse. Je suis sorti de la maison. Mes bottes dans la neige. J'ai confectionné une boule. Je l'ai lancée contre la voiture de papa. Le ciel était clair et bleu. La lumière était partout, presque tranchante. J'étais bien. J'étais tellement bien.

J'englobais du regard le jardin, la rue, les pavillons, les champs, les collines. Je me répétais : "C'est chez moi, ici. Chez moi." J'avais toujours vécu là. Je pouvais distinguer, sur la droite, le toit de l'école primaire où j'étais allé. J'en ressentais comme un pincement de nostalgie. Pourtant, j'avais été heureux de la quitter pour entrer en sixième. Le collège était à une quinzaine de kilomètres. Il fallait se lever tôt, descendre la rue principale, s'engouffrer dans le car de ramassage, rentrer tard le soir, mais ce n'était pas grave. Je grandissais. Mes rêves grandissaient aussi. Et puis, j'avais mes amis. Le trio infernal. C'est comme ça qu'ils nous appelaient, les habitants du village. Et les profs. Nous étions toujours fourrés ensemble, depuis la maternelle. Et nous nous retrouvions dans la même classe, au collège. En sixième. En cinquième. Et cette année-là aussi. En quatrième.

Les mains dans les poches, je me promenais dans les rues. Un seigneur sur ses terres. Tout m'appartenait. Le givre sur les arbres. La vapeur quand je soufflais. Le craquement de mes pas sur la neige. La glace sur l'étang, un peu plus bas. La température était encore descendue. On avait l'habitude, ici.

Dans quelques minutes, j'irais chercher les deux autres. Nous sortirions peut-être les luges. Nous irions dans les collines. Ou nous retomberions en enfance – bonhomme, batailles.

Mais pour le moment, tout était calme. Le monde en suspens. Mon monde en suspens. Je suis le seul être humain sur terre. Tout cela est à moi. C'était beau, tu sais. C'était tellement beau.

L'écran de mon téléphone portable qui s'allume, juste à côté de ma main droite. Je sursaute – du passé au présent. Chaque fois, c'est comme de mettre les doigts dans une prise – enfin, j'imagine. Je ne suis jamais allé jusque-là.

Un message de Léa. Qui me demande si je dors. Qu'est-ce que je dois répondre ? Non, je m'enfonce ? Je suce les glaçons ? J'opte pour la sobriété descriptive : "J'essaie d'écrire, mais je n'y parviens pas."

À partir de là, la nuit est occupée par des vrombissements et des lueurs – les SMS ont révolutionné la drague. Il n'y a plus de silences, à l'autre bout du fil. Il n'y a plus la voix qui s'éraille un peu et le souffle dans l'écouteur. Il n'y a plus que des bruits d'insectes qui vibrent dans l'air. Et des conversations où manquent des voyelles. De son côté. Pas du mien. Je déteste envoyer des messages à moitié écrits. Je m'en fous. J'ai un forfait illimité.

Deux heures plus tard, nous en savons plus l'un sur l'autre – assez pour savoir que oui, cela pourrait fonctionner entre nous. Je suis sur le point de vraiment sombrer dans le sommeil cette fois, quand l'appareil vibre une dernière fois. Je souris. Je me demande ce qu'elle va me demander, encore. À la place, le prénom de Thibaud s'affiche. Et son message, c'est : "Je suis ton brise-glace. Il va bien falloir que tu la racontes, ton histoire."

Alors, comme un automate, je me relève et j'écris. La dernière fois que je jette un coup d'œil au réveil, il est quatre heures du matin.

6

La seule chose qui me reste, la seule chose qui me tient,
C'est un pan de ta veste, la douceur de vos mains
Et ce décor trop grand pour que je le contienne
Ce paysage trop blanc qui s'incruste en mes veines

C'était tellement beau.
Les collines autour, les sentiers qui y mènent
L'étang en contrebas, la neige que l'on sème
Dans mon crâne, une musique fait des siennes
Quand elle s'en va, j'attends qu'elle me revienne

Elle fait
Tic, tac, tic, tac, tic, tic, tac, tac
Elle fait
Flic, flac, flic, flac, flic, flic, flac, flaques
Tu l'entends, dis, tu l'entends ?
Tu l'entends, le rythme de mon sang ?

La seule chose qui me reste, la seule chose qui me tient,
C'est les mots jetés en l'air, l'envie du lendemain
Dans ce décor trop grand, dans ce décor trop blanc
Dans cet éden d'hiver qui me glace les sangs.

C'était tellement beau.
Le rire de mon ami dans la nuit qui descend
La voix de mon ami sur la glace de l'étang.
Sous mon crâne, leur musique se fait mienne
Quand elle s'en va, j'attends qu'elle me revienne

Elle fait
Tic, tac, tic, tac, tic, tic, tac, tac
Elle fait
Ric, rac, ric, rac, ric-rac, ric-rac
Tu l'entends, dis, tu l'entends ?
La mémoire de tes yeux qui me cloue en dedans ?

La seule chose qui me reste, la seule chose qui me tient,
C'est la vie devant moi, en faire tout plutôt que rien
Quelque chose qui pétille, quelque chose qui secoue
Un temps qui vaille la peine de le vivre sans vous.

Ce sera tellement beau.
Les pièces où vous vivrez, les canapés, les fauteuils
Qui de vos silhouettes n'auront pas fait le deuil
Sous mon crâne, toujours la musique est la même
Le temps, la glace, l'étang, je me casse.

Ça fait
Tic, tac, tic, tac, tic, tic, tac, tac
Ça fait
Cric, crac, cric, crac, crac, CRAC
Je ne vous entends plus, dis, je ne vous entends plus
Tout, tout, tout a disparu.

7

UN SOUFFLE.

Mon souffle.

Une lente expiration qui passe par les deux narines. Je l'entends distinctement dans mes tympans, comme si j'étais sous l'eau. Comme si j'enchaînais les longueurs, à la piscine découverte. Soudain, plus rien n'existe que le corps, sa fluidité, l'enchaînement des mouvements, leur rythmique – et le souffle surtout. Avoir assez de souffle. De temps à autre, je remonte à la surface. Brièvement. Trois secondes. Pour inspirer de l'air. Je chope des instantanés de surfaces. Des photos de ce qui se passe autour de moi.

Le barman qui s'est arrêté d'essuyer les verres, la serviette encore dans la main.

Amanda, les lèvres serrées, les yeux sur la scène.

Burnz, à côté d'elle, qui se mordille le pouce. La fille, derrière lui, qui essuie furtivement une larme.

Et le silence, bon Dieu.

Le même silence que sous l'eau javellisée, les bruits assourdis, plus rien n'existe, plus rien n'existe.

Je suis sonné. Je voudrais expliquer que je suis désolé, que je suis un imposteur en fait, que ce texte que j'ai écrit, ce n'est pas vraiment un slam, ce n'est même pas un slam du tout, il ne claque pas assez, il n'engage pas assez le corps, je n'ai vu que mes doigts qui marquaient tic, tac, tic, tac, tic, tic, tac, après je ne me rappelle plus, je me suis fait absorber par les mots, c'est bizarre de dire ça, hein, ce n'est pas de l'inspiration, c'est de l'aspiration, ils m'emmènent tout au fond de moi, ils s'accrochent à moi et me coulent. Je suis désolé, vraiment, c'était juste une sorte de poème, c'est décalé ici, ça n'a rien à y faire, oubliez ça, je ferai mieux la prochaine fois, ou mieux encore, je ne viendrai plus, voilà, c'est ça, je vais rentrer chez moi et je vais me faire tout petit dans un trou de souris et là personne ne me remarquera, c'est ça, c'est mieux, il ne faut jamais se faire remarquer.

Le silence, bon Dieu.

Il n'y a jamais de silence, ici.

Même quand le bar est fermé, les murs vibrent encore des cris, des mots, des applaudissements, des interjections. Et là, il n'y a plus rien, à part les voitures qui glissent sans bruit de l'autre côté des vitres – les phares qui éclairent le rez-de-chaussée des immeubles.

Je suis suspendu dans le moment. Qu'est-ce qu'ils ont tous à me fixer, comme ça ? Je sais que ma voix s'est éraillée, je sais que j'ai failli me laisser emporter, mais j'ai tenu bon, j'ai tenu bon. Simplement j'ai hurlé le CRAC. Je l'ai entendu résonner dans le bar. Je passe mes mains sur mon visage – c'est seulement à ce moment-là que je remarque qu'il est humide. Putain. Je viens de chialer en public. La honte. Je savais bien que je ne devais pas venir.

J'ai longtemps hésité, évidemment. Et je n'ai pas prévenu Thibaud. Quand il m'a demandé hier si je venais à la soirée slam, j'ai répondu que je ne croyais pas, que mes parents recevaient des amis et que j'étais censé être à la maison. Il s'est rembruni, mais il n'a rien répliqué.

Nous sommes ensemble, très souvent. Nous avons changé de place dans la plupart des cours. Nous sommes maintenant côte à côte, sauf en anglais – Léa s'est imposée en douceur à mes côtés dans son cours préféré. Thibaud et moi, nous sommes devenus un centre d'attraction. Nous sommes tout le temps accompagnés, dans la cour, dans les couloirs. Évidemment, j'en suis content. Évidemment aussi, ça me gêne. C'est trop soudain. Et je suis conscient de n'être qu'une pièce rapportée. La mascotte du moment – comme aux Jeux olympiques. Quelques mois après les épreuves, on ne se souvient ni du nom de la mascotte, ni même si c'était un chien, une marmotte ou un grizzly.

Je me suis décidé au dernier moment. Je suis sorti en trombe de la maison – et j'ai entendu ma mère maugréer que je n'allais *encore* pas être là ce soir, ça m'a fait sourire, ça m'a donné du courage aussi.

J'étais là avant tout le monde. Je suis allé voir Burnz. Il m'a fait un clin d'œil et m'a dit :

— Alors ça y est, tu te jettes à l'eau ?

Il ne pouvait pas se rendre compte dans quels abîmes sa phrase me précipitait. Il m'a simplement demandé :

— Qu'est-ce que tu veux que les autres sachent de toi ?

— Rien. Je m'appelle Aurélien. J'ai dix-sept ans. C'est tout.

Il a hoché la tête. Il a enchaîné :

— Et ton slam, il parle de quoi ?

— De la glace.

— Pardon ?

— Tu as très bien entendu.

Il a levé les sourcils, fait une petite grimace et hoché la tête à nouveau. Il devait penser que j'étais complètement taré. Il avait raison. Je suis complètement taré. J'ai ajouté que je ne voulais pas que quiconque soit au courant de mon passage, à l'avance. Et que ce "quiconque", ça incluait Thibaud. Burnz s'est mis à rire. Un rire franc et massif.

— C'est une déclaration ?

— Non, une révélation.

— T'es un drôle de type, toi !

— C'est l'hôpital qui se fout de la charité.

Nouvel éclat de rire.

— Ouais, moi c'est Burnz et toi c'est Iceman. Une vraie bande dessinée.

— On est des super-héros.

Je suis allé m'asseoir dans le coin le plus reculé du café. Derrière le pilier, près des toilettes. Je voulais être isolé. Les mots de mon texte tournaient dans ma tête. Je savais que je ne les oublierais pas. Ce dont je n'étais pas sûr, en revanche, c'est si je réussirais à les dire. S'ils ne resteraient pas bloqués dans ma gorge – à nouveau.

J'ai vu Thibaud qui arrivait. Je m'apprêtais à aller le saluer quand je me suis aperçu qu'il n'était pas venu seul. Avec lui, il y avait Anaïs, avec laquelle il passe du temps récemment. Et puis Léa.

Léa, avec qui je communique principalement par SMS et par messagerie électronique. Léa qui m'observe avec un sourire ironique, au lycée. Léa qui m'embrasse dans les couloirs déserts mais qui se tient à distance dans la cour. Léa qui habite loin du bahut et qui rentre tous les soirs avec ses parents – nous n'avons jamais le temps de nous parler vraiment. Léa devant laquelle je me sens plus démuni que jamais. J'entends les phrases que je devrais prononcer, mais à la place, je ne sors que des banalités – et je lui tiens maladroitement la main – comme un collégien de quatrième.

De la savoir là. De les savoir là, tous les deux, Thibaud et elle, ça m'a contracté les muscles du dos et vrillé les entrailles. Je suis allé aux toilettes. J'y suis resté longtemps, comme un con, debout, devant le siège, à lire les graffitis sur le mur. La phrase qui passait en boucle dans mon cerveau, c'était : "Mauvaise idée, très mauvaise idée."

J'ai entendu Burnz annoncer le début des festivités – ou des hostilités. Expliquer les règles. Le fait que Amanda ait intégré le jury la fois précédente – une ovation en règle. J'ai entendu le nom du premier slammeur à intervenir. Je l'avais entraperçu, un grand gars type Viking, qui mâchait du chewing-gum et avait l'air sûr de lui. Je me demandais quand j'allais décoller, et si j'allais décoller un jour. J'étais en train de relire pour la cent dixième fois “Nounourse est une chaudasse qui aime les queues” suivi d'un numéro de téléphone que j'espérais fictif quand quelqu'un a violemment frappé à la porte.

— Occupé !

— Sors de là maintenant !

— Burnz, mais tu… mais je…

— Je ne sais pas ce que tu fous là, mais c'est à toi ensuite, alors tu vomis tes tripes ou tu finis ta gastro, mais tu te grouilles et tu te pointes.

— Je ne vais pas y arriver, Burnz.

— Pas mon problème, mon gros. Tu t'es inscrit, tu y vas, c'est comme ça que ça se passe.

— Burnz, je…

— Dégage de là ou je défonce la porte. Je compte jusqu'à trois.

— Burnz, je…

— Tu l'as déjà dit. Un, deux… et…

J'ai déverrouillé. Burnz était là, les sourcils froncés, immobile. Quand je me suis glissé devant lui, il m'a pincé l'épaule. Il a lancé :

— Je sais ce que c'est. Je suis passé par là.

C'est maintenant qu'il doit réaliser son erreur.

Personne d'autre que moi n'est passé par là.

Personne de vivant, en tout cas.

Burnz est retourné au micro, juste à temps pour demander au jury de noter la prestation du Viking, qui n'avait qu'à moitié convaincu. Je l'ai entendu annoncer :

— Et maintenant, c'est le tour d'un petit jeune, dans tous les sens du terme, parce qu'il n'a que dix-sept ans, et aussi parce qu'il n'a jamais rien slammé, même si on l'a vu, de temps à autre, traîner ses guêtres dans le coin, je vous demande d'encourager très fortement Aurélien.

J'ai deviné.

Le mouvement de surprise de Thibaud, qui devait jeter des coups d'œil à sa montre en se demandant ce que je pouvais bien foutre, et de Léa, sans doute aussi. Les regards braqués sur moi. Le sourire en coin de Burnz qui repensait à notre échange, dans les toilettes.

J'ai deviné, seulement.

Parce que j'ai bien fait attention de ne pas me laisser intimider. J'ai fixé mes chaussures, d'abord – et c'est comme si elles s'étaient détachées de mon corps et qu'elles se dirigeaient toutes seules vers la petite scène. Parce qu'ensuite, quand le silence s'est fait et que j'ai relevé la tête, je me suis concentré sur le pilier en face de moi. Je me souviens des tremblements dans mes bras, et dans ma voix aussi, au tout début. Après, c'est dans une sorte de brouillard. Se superposaient des instantanés du bar et des photographies du paysage enneigé. À un moment, je me suis rendu compte que ma voix ressemblait à un disque en vinyle usé, mais j'étais déjà trop loin, en dedans, je riais, je riais, j'envoyais la balle, putain de balle et je les voyais courir, ils y allaient, ils y allaient. C'est à ce moment-là, le CRAC. Juste à ce moment-là.

Je ne sais pas comment j'ai fini. Je ne sais pas comment tout cela va finir.

J'ignore depuis combien de temps je suis là, le micro encore dans la main, les bras ballants. Dix secondes. Quatre ans. Ce que je devine, c'est que la vie doit continuer. La soirée aussi. Il faut que je me barre. Maintenant. Je respire un grand coup, je lâche le micro, le choc sur le plancher résonne dans la salle, je me rue dehors, je n'ai même pas besoin de pousser les spectateurs, ils s'écartent tout seuls. J'ai l'habitude de ça – que les gens s'écartent sur mon passage.

Dehors, la nuit, le froid. C'est bon.

C'est bon, le froid.

L'eau dans les cils.

Le sang, fouetté, qui recommence à circuler dans les orteils, les pieds, les jambes.

La solitude.

Et d'un seul coup, le choc d'un corps contre le mien. De mains qui m'entourent le bassin. La voix. Léa qui murmure :

— Je ne te lâche pas sinon tu vas t'envoler.

Je la serre dans mes bras. Elle dit :

— On marche un peu ?

8

QUAND JE REVIENS CHEZ MOI, il est près de minuit. Le froid me pique la peau. Je suis lessivé. Nous avons marché pendant près de deux heures, Léa et moi. Nous n'avons pas reparlé du texte, ni de la soirée. Nous avons évoqué le lycée, les profs, Thibaud. Elle a voulu me faire visiter le quartier qu'elle habite depuis l'enfance. Un quartier sans grand charme ni grand intérêt. De petits immeubles de trois ou quatre étages, un jardin public, la voie de chemin de fer derrière, quelques bungalows. Elle habite dans l'un de ces pavillons-là. La gloire de ses parents – qui ressemblent par de nombreux côtés aux miens. Elle a dit :

— Bon, alors, je t'offre le grand tour du propriétaire. Je sais que tu en as toujours rêvé.

Le grand tour du propriétaire, c'est une visite guidée du quartier, avec arrêts obligatoires aux lieux importants dans la biographie de la guide touristique – le muret duquel elle est tombée à huit ans, elle s'est cassé deux dents, elle est restée six mois à ne pas pouvoir sourire ; le banc depuis lequel elle a assisté impuissante à la mort d'un chat roux qui traversait trop vite devant une voiture ; le hall d'immeuble devant lequel elle s'est laissé embrasser pour la première fois sur la bouche avec la langue, il s'appelait Joris, il était passionné de catch. Des anecdotes comme ça. Des anecdotes, avec son humour et son rire – elle a beaucoup d'autodérision, elle pense que c'est ce qui la sauvera en toutes circonstances. Nous nous sommes retrouvés au coin de sa rue – et là, elle a ajouté :

— Et là, là, c'est super important, un moment crucial, capital même.

— Ta première chute à vélo ?

— La première fois que j'ai embrassé un garçon dont j'étais vraiment amoureuse.

— Qui s'appelait ?

— T'es con.

— C'est nul comme nom.

— N'est-ce pas ? Je trouve aussi que ça ne cadre pas avec son prénom. Aurélien. Aurélien Tékon. C'est juste idiot.

Voilà.

C'est pour ça que quand je suis rentré chez moi, je n'avais qu'une envie – me coucher. D'autant qu'il allait falloir passer le week-end sans la voir parce qu'elle partait à Paris avec ses parents. Que j'avais une tonne de devoirs. Et un texte à digérer, encore et encore.

Sauf que devant chez moi, recroquevillé, cagoule sur la tête, il y avait Thibaud.

Et que bien sûr, je me suis assis à côté de lui.

— Qu'est-ce que tu fais là ?

— Je congèle. Non, je surgèle.
— Ça fait longtemps que tu attends ?
— À peu près depuis que tu as quitté le bar.
— Putain, mais ça fait deux heures au moins !
— Alors ça fait deux heures que je surgèle.
— Pourquoi tu m'as pas appelé ?
— Parce que t'as oublié ton portable là-bas, ducon.
— Je m'appelle pas Ducon, je m'appelle Tékon.
— Hein ?
— Rien. Laisse. C'est quoi, le programme ?
— Je sais pas. On surgèle à deux, ou on rentre chez moi.
— C'est à l'autre bout du monde.
— T'as une meilleure idée ?

Je n'ai pas le temps de répliquer. J'entends le bruit de clés et soudain, ma mère est sur le perron et jette des regards angoissés dans la rue. Ma mère, dans son pyjama rouge. De quoi se taper la honte pendant des mois.

— Aurélien ?
— Oui, maman.
— Qu'est-ce que tu fais ? Il est minuit passé.
— Je parle avec Thibaud.
— Dehors ? Vous devriez rentrer ! Et puis quand même, à l'heure qu'il est, je… enfin !
— Thibaud est à la porte de chez lui. Il a laissé les clefs à l'intérieur et son père ne rentre que demain matin.
— Ah. Ah bon. Eh bien, je ne sais pas moi, il n'a qu'à dormir à la maison.
— C'est ce qu'on pensait te demander.

— Eh bien, c'est fait. Bon, je retourne me coucher, rentrez vite – et ne faites pas de bruit. Ton ami n'a qu'à dormir dans le salon.

Thibaud secoue la tête. Il me demande pourquoi j'ai ressenti le besoin de mentir. Je hausse les épaules.

— L'habitude.

— Tu leur mens souvent ?

— Tout le temps.

— Comment ça ?

— Je leur dis que ça va, par exemple.

— Alors que ça ne va pas ?

— Thibaud, j'ai quelque chose pour toi. Suis-moi. Je te fais un café.

— T'as pas quelque chose de plus fort ?

— Une infusion à la camomille ?

— OK. T'as gagné.

Quelques minutes plus tard, nous sommes assis dans la cuisine, avec nos tasses de café. Thibaud tourne dans la pièce. Il regarde un à un tous les objets – le baromètre ramené de Bretagne, le tableau blanc sur lequel ma mère inscrit ce qu'elle doit acheter. Les photos de nous, punaisées sur un petit panneau de liège. Je me rends compte à quel point elle est moche, cette cuisine. Le papier peint est défraîchi. Les meubles ont été achetés quand j'étais petit. Ils ont suivi le mouvement – le déménagement de la campagne à la ville. L'ensemble sent le bon marché et le vieux. L'inverse de la cuisine de l'appartement de Thibaud – avec son côté ouvert sur le salon, tabourets de bar le long du plan de travail, béton ciré, le tout dans des tons taupe et blanc cassé. Un truc tout droit sorti d'une émission de déco. Un peu plus et on s'attendrait à voir débouler Valérie Damidot. Je prends les devants.

— Je sais. C'est laid.

— Je ne trouve pas, moi.

— Tu n'as pas besoin de faire de la lèche.

— Non, je te jure. On sent qu'on y vit, ici.

— Si peu.

— Toi, peut-être pas, mais tes parents ?

Je suis sur le point de répliquer mais je me tais. Il a raison, au fond. Mes parents passent leur vie à la cuisine, maintenant. C'est devenu une sorte de refuge, pour eux. Comme ma chambre pour moi. Thibaud soupire.

— Je déteste la cuisine, chez moi. Le côté open space, catalogue…

— On échange ?

— Chiche !

— Ton père ne serait pas d'accord.

— Oh, mon père… Pour ce qu'il y vit. C'est curieux, une cuisine où on ne fait jamais la cuisine. Non, ce n'est pas curieux, c'est pathétique.

— N'empêche que je préférerais vivre chez toi que chez moi.

— C'est parce que tu n'es venu qu'une fois, et qu'il y avait du monde. Tu as remarqué ? Je donne tout le temps rencard à l'extérieur. Je ne supporte pas de rester à la maison.

— Le contraire de moi. Je suis resté terré ici pendant des mois. Des années, je devrais dire.

— Parce que tu t'y sens protégé.

À nouveau l'envie d'une répartie cinglante et drôle – mais rien ne vient. Parce qu'il n'a pas tort, au fond. Cette maison est devenue ma grotte. Mon antre. Mon mausolée. Je sens l'émotion qui remonte. Je la refuse. Je me lève un peu brusquement et je lance à Thibaud :

— Ne bouge pas. Je reviens.

Dans la chambre, je n'ai même pas besoin d'allumer. Je sais exactement où elles sont. Dans le troisième tiroir du bureau en dessous de trois cahiers à couverture plastifiée – histoire que personne ne tombe dessus sans le vouloir vraiment.

Les trois pages que j'ai griffonnées l'autre nuit, en rentrant de la première soirée au bar. Celles qui m'ont laissé épuisé, à quatre heures du matin. Juste assez de force pour, brusquement, en un seul jet, écrire le slam que j'ai posé ce soir.

C'est l'histoire.

C'est mon histoire.

Et c'est à Thibaud que je veux la raconter.

9

JE SUIS MONTÉ SUR LA COLLINE, au-dessus du village. Mon téléphone a sonné. Samuel et Jérémy venaient de passer à la maison. Ils voulaient aller faire de la luge ou du patin à glace. Ils se demandaient où j'étais. "La glace, elle n'est pas encore assez solide pour faire du patin. Venez me rejoindre. Je suis aux ruines du château." Les ruines du château, au sommet de la colline, c'était notre point de rendez-vous habituel. C'était aussi le point de rendez-vous habituel de tous les jeunes des environs. On y retrouvait de tout, le dimanche matin – des bouteilles vides, des préservatifs plus ou moins usagés, des mégots. Curieusement, il y avait toujours quelqu'un qui se chargeait de tout nettoyer dans la semaine. Pour que ça redevienne un territoire vierge, pour le week-end suivant.

Parfois, je pensais aux gens qui avaient vécu ici. À ceux qui étaient enterrés sous nos pas. Ce n'était pas un château à proprement parler – c'était une sorte de tour de guet –, le genre de bâtiment médiéval qu'on trouvait sur les points culminants des terres du seigneur, pour prévenir les villageois en cas d'invasion ennemie.

Je suis le seigneur du château. Mon invasion était amie. Je suis ma propre destruction.

Ensemble. Nous étions ensemble. Nous avons parlé des filles qui voulaient sortir avec nous – surtout avec Samuel, c'était le plus grand et le plus beau, mais nous n'étions pas jaloux, Jérémy et moi, nous avions droit aussi à des propositions. Nous avons évoqué les profs, leurs tics, les anecdotes qui se rattachaient à leur nom. Nous marchions dans la neige, les mains enfoncées dans nos poches. Nous aurions pu rentrer chez l'un ou chez l'autre, mais c'était dimanche, les parents à la maison, la télé allumée pour le grand-père venu déjeuner, la sœur ou le frère qui tourne en rond et passe de l'ordinateur à la console en répétant qu'il ou elle s'ennuie. La Wii, c'est bien surtout quand la maison est déserte et que tu peux te lâcher.

J'aimais bien traîner avec eux.

Jusqu'à l'année dernière, on ne "traînait" pas ensemble. On se voyait pour taper un foot ou dans une balle de tennis, pour jouer en ligne ou pour mater un DVD. Tout ça avait changé sans qu'on s'en rende vraiment compte. Nous avions commencé à discuter, de choses, d'autres – à lâcher des secrets de famille sur la mère qui boit en cachette ou le père qu'on aurait juré reconnaître en train d'embrasser une femme bien plus jeune, dans le parc près de la gare.

Sans le savoir, nous avions pris une nouvelle direction. Nous ancrions nos attachements dans autre chose que l'habitude. J'étais impatient de les voir, chaque matin, pour aller au collège. Je sais qu'ils partageaient cette impatience.

Nous découvrions ce que c'était, l'amitié. Mes amis. Samuel et Jérémy.

À un moment, on a eu froid. On est entrés chez Jérémy. Il y avait là son oncle, sa tante et ses petits cousins. Ça grouillait dans tous les sens. Ça jouait aux Pokémon, ça hurlait dans la montée d'escalier, ça riait dans le jardin. Je me suis dit que, quelques années auparavant, c'étaient nous, ces gosses. Et que dans quelques années, nous serions les parents. J'espérais que la vie ne nous séparerait pas. Que les études, les mariages, le travail ne couperaient pas les liens. Que nous resterions Samuel, Jérémy et moi. Le triumvirat, comme le prof d'histoire aimait à nous appeler.

La mère de Jérémy faisait des crêpes. Le Nutella coulait à flots. C'était l'hiver. Nous avions passé la journée dehors. La chaleur soudaine de la maison nous donnait le rouge aux joues. Mon père a téléphoné. Il voulait savoir où j'étais et me rappeler que j'avais encore du boulot pour la semaine prochaine. J'ai répondu que je n'avais pas oublié, que je n'allais pas tarder. De toute façon, la nuit commençait à tomber. Il était presque dix-huit heures.

Samuel a fait la gueule. Il n'avait pas envie de rentrer chez lui. Depuis quelque temps, quelque chose clochait entre son père et sa mère et l'ambiance était lourde. Samuel avait même émis l'idée d'être interne – mais ça signifiait aussi se séparer de ses deux meilleurs amis. Alors, quand il a dit "On se fait une dernière partie ?", on a accepté, bien sûr.

Un foot sur le terrain, près de l'étang. Je me souviens que Jérémy a dit qu'il fallait faire gaffe quand même, l'herbe était gelée et on risquait de se péter une jambe. Samuel et moi, nous nous sommes moqués de lui. Jérémy avait toujours été le plus trouillard des trois. Le plus trouillard et le plus responsable aussi.

Quelques tirs au but. Dix minutes, un quart d'heure – pas plus. On ne voyait presque plus rien, de toute façon. Il n'y avait personne alentour.

J'étais frigorifié. J'ai dit "Je rentre", les mots sont montés dans l'air et Samuel a envoyé la balle bien au-dessus des poteaux de but. Au-dessus des barrières qui encadraient le terrain de foot. Au-dessus du sentier qui longeait l'étang. Elle a atterri sur l'eau glacée, à une vingtaine de mètres du bord.

Tout est allé très vite. C'est ça, surtout, ce qui m'a choqué. Je pensais moi que le meilleur était devant nous. Je pensais que, si quelque chose clochait pour l'un d'entre nous, les deux autres seraient là pour le soutenir. Samuel, par exemple. On restait silencieux, mais à notre manière, on l'épaulait. S'il savait, Samuel. S'il savait que ses parents se sont aidés, s'aident encore, s'aideront peut-être jusqu'au bout. Que toutes ces querelles qu'ils avaient ont disparu comme par enchantement. Ou par désenchantement. Ils sont ensemble. Ils restent ensemble. Ils veulent se souvenir. C'est ça pour eux, se soutenir. Se soutenir, c'est se souvenir.

J'ai crié : "T'es pas cap d'aller la chercher, Samuel !" C'est ça, ce que j'ai crié. Il s'est mis à courir vers l'étang. Moi, je me marrais comme une baleine parce qu'il faisait l'andouille et que j'étais persuadé qu'il allait glisser et se casser la figure. Une chute digne d'un zapping d'émission de télé. J'ai même regretté de ne pas pouvoir filmer avec le portable parce qu'il n'y avait pas assez de lumière. C'est à cause du manque de lumière aussi que je ne peux pas me repasser la scène. Tout ce que j'entends, c'est le bruit.

Le son.

Sur le coup, j'ai cru qu'un arbre tombait dans la forêt à côté. Je me souviens de m'être dit "C'est bizarre, il n'y a pas du tout de vent", et puis juste après, le cri de Samuel. Bien plus aigu que je ne l'aurais cru. Bien plus étranglé. Et bientôt, le silence.

Je ne comprenais pas.

Je ne comprenais rien.

Je restais là, les bras ballants, je me demandais où il était, Samuel : "Où il est Samuel, où il est, qu'est-ce qui se passe, qu'est-ce qui se passe, Jérémy, qu'est-ce qui se passe ?"

Mais Jérémy, Jérémy qui avait toujours peur de tout, Jérémy, lui, il avait déjà capté et il se précipitait, Jérémy, sans réfléchir aux conséquences. Il hurlait Jérémy, il répétait "Samuel, Samuel" et il courait lui aussi, il était fou, Jérémy. Le bruit, une deuxième fois – moins impressionnant. Le cri, une deuxième fois – moins perçant. Et moi, qui tremblais des pieds à la tête. Qu'est-ce qui se passe, putain, qu'est-ce qui se passe ?

D'un seul coup, le corps qui se met en marche, la voix, les jambes. Un loup. Ma mère dit que j'étais comme un loup.

J'ai crié toute la nuit, j'ai crié, on a tous crié, on a hurlé, une meute de loups, il y avait tout le village, les pompiers, le maire, c'était ridicule, tout ça pour deux gamins qui faisaient une blague, parce qu'ils faisaient une blague, hein, ils allaient remonter, ou plutôt non, ils allaient sortir de la forêt en riant comme des cons, parce qu'ils nous auraient joué un bien bon tour. Hein ? Hein ?

Mais leurs corps.
Leurs corps congelés.
Leurs corps bleus.

Et puis la mère de Jérémy qui se précipite vers moi et qui me frappe, qui me frappe encore et encore, qui hurle qu'elle m'a entendu, elle fermait les volets, elle m'a entendu crier "T'es pas cap d'aller la chercher !", c'est à cause de toi, c'est à cause de toi, c'est à cause de moi, c'est à cause de moi – les pompiers, la police l'écartent doucement mais fermement et moi, je suis là, je ne bouge pas, je regarde la nuit, c'est la première nuit sans eux, mon Dieu, c'est la première nuit sans eux.

Quatre ans, tu sais, Thibaud. Quatre ans, et il n'y a pas une seule nuit où je ne m'endorme sans penser à eux, il n'y a pas une seule nuit où je ne me réveille pas à deux heures du matin, en me répétant que je dois mourir, moi aussi, qu'il fallait que je reste avec eux, qu'il fallait que nous y passions tous.

10

IL NE L'A PAS LU TOUT DE SUITE.

Nous sommes restés un peu, tous les deux, dans la cuisine moche. Nous avons parlé de la soirée. Il m'a appris ce qui s'était passé après. Les autres slammeurs qui ne voulaient plus passer, le jury qui refusait de mettre des notes. Il a fallu toute la bonne humeur et la persuasion de Burnz pour que le concours continue. Il a utilisé tous les moyens – il a même menacé de m'interdire de revenir si ça devait se dérouler de cette façon-là chaque fois. Quand les choses sont rentrées dans l'ordre, ils sont tous venus voir Thibaud, l'un après l'autre – savoir qui j'étais, depuis combien de temps on se connaissait, et ce que ça recoupait, tout ça. Parce qu'ils n'avaient pas tout compris, bien sûr. Ils avaient ressenti le trouble. Ils avaient accompagné l'émotion qui me prenait. Ils avaient deviné l'importance, la gravité. Ils échafaudaient des hypothèses. Cela avait un rapport avec l'hiver, avec la glace. Avec le deuil. Thibaud répondait qu'il n'en savait pas plus qu'eux.

Au bout d'un moment, il en avait eu assez. Il avait eu envie d'aller me chercher pour que je leur explique, moi. Il avait saisi, en ne voyant pas revenir Léa, que je rentrerais peut-être tard – ou pas. Il avait pris le risque. Il ne pouvait pas aller se coucher sans m'avoir parlé.

— C'est gentil, Thibaud.

— Mais je suis gentil !

— Je n'en ai jamais douté.

— Menteur.

— OK. Au début de l'année, peut-être.

— Quoi que tu apprennes sur moi, garde ça à l'esprit. Je suis gentil.

J'ai froncé les sourcils.

— Qu'est-ce que ça signifie ?

— Rien. Laisse tomber. Et toi, tu es comment ?

— Moi ? Aucune idée. Je n'avais aucune qualité ni aucun défaut jusqu'à il y a peu. Je n'existais pas vraiment.

— Un zombie ?

— On peut dire ça, oui.

— L'abominable homme des neiges ?

— Lis ça. On en parlera après.

Il a pris les pages que je lui tendais. J'ai simplement ajouté que je ne voulais pas qu'il les parcoure en ma présence. J'allais monter me coucher, j'étais claqué.

Thibaud a hoché la tête. Nous avons fini notre café. Je suis allé chercher un drap et des couvertures. Il s'est allongé sur le canapé. C'était bizarre de le voir là. C'était comme d'avoir un frère, brusquement. C'est sur cette image-là que je me suis endormi.

Non.

La toute dernière image, c'était le cou de Léa. Sa peau.

Je me suis dit que j'en parlerais à Thibaud, au petit déjeuner.

Mon Dieu.

Le petit déjeuner.

Avec mes parents.

Mon père et le bruit qu'il fait en mâchant ses biscottes.

Ma mère et le thé au lait qu'elle sirote, avec les yeux dans le vague.

J'en avais honte d'avance.

Je n'avais pas besoin d'avoir peur.

Quand je me suis levé, le dimanche matin, Thibaud était parti. Mes parents ne l'avaient pas vu. Mon père a juste dit : "C'est un matinal, ton copain."

La frustration que j'ai ressentie.

Un vrai manque.

11

DIMANCHE APRÈS-MIDI. Thibaud m'a envoyé un SMS. Je l'ai rejoint chez lui. J'ai croisé son père, en bas de l'ascenseur. Même si je ne l'avais pas vu en photo auparavant, je l'aurais reconnu tout de suite. C'est le portrait craché de son fils – en plus vieux. Avec des cheveux plus courts et qui commencent à grisonner. Il était accompagné d'une grande brune, un peu plus jeune que lui.

Quand j'en ai parlé à Thibaud, il a haussé les épaules et il a soupiré.

— Il a encore trouvé l'amour de sa vie.

— Sérieux ?

— Oh, avec mon père, c'est toujours sérieux pendant un mois ou deux, et puis d'un seul coup, il se rend compte que ce n'est pas le cas.

— Tu crois que tu prends le même chemin ?

— Je ne pense jamais avoir trouvé l'amour de ma vie. Je ne me fais pas d'illusions. D'ailleurs, je ne sais pas si je suis déjà tombé amoureux. Vraiment, je veux dire.

— Et Anaïs ?

— Pas de réel déclic pour l'instant. Mais c'est agréable d'être avec elle. J'espère que ça l'est aussi pour elle. Ce n'est pas si sûr. Et Léa ?

— Aucune idée. Je... C'est très nouveau pour moi, tout ça, tu sais... Je ne sais pas trop comment... Enfin, je n'ai pas l'expérience, quoi. Mais tu es au courant, si tu as lu ce que j'ai écrit.

— Tu ne parles pas de ça.

— Disons que c'est sous-entendu.

— Qu'est-ce qui est sous-entendu ?

— La solitude.

Thibaud est assis sur le canapé. Il regarde la ville, droit devant lui. Il a l'air un peu nerveux – ou agacé. Je me demande si j'ai bien fait de lui donner le texte. Il se racle la gorge. Il demande ce qui s'est passé après.

— Après quoi ?

— Après l'accident. Les jours d'après. Les semaines d'après. Les mois d'après.

— Tu ne devines pas ?

— Je n'aime pas trop deviner. Je préfère qu'on m'explique.

Je me lève brusquement. Je manque de faire tomber une pile de magazines sur la table basse du salon. Je passe mes mains sur mes cuisses. Thibaud fronce les sourcils.

— Tu fais quoi, là ? Tu t'en vas ?

— Je me prépare à marcher.

— Hein ?

— Si tu veux que je te raconte, il faut que je marche. Je trouve mieux les mots quand je marche. Quand je marche ou quand je suis complètement épuisé et que les phrases me débordent. Je vais tourner en rond dans la pièce. Ça te gêne ?

Je n'attends pas sa réponse. Je me mets à arpenter le salon. Je colle mon front contre la porte-fenêtre. Je fixe les toits. Les arbres dépouillés. C'est l'hiver. Encore un hiver. Quatre hivers, putain. Quatre hivers.

D'un seul coup, je me mets à parler. C'est à peine si je reconnais ma voix – elle est presque métallique, et il y a un goût de métal aussi, dans ma bouche.

Je ne suis plus humain. Je ne suis plus personne.

C'est la première fois que je pose des mots sur tout ça. Depuis quatre ans, j'encaisse, je ne me rebelle pas, je ne peux pas me rebeller, je n'en ai pas la force, je n'en ai pas le droit non plus.

J'explique la rage de la mère de Jérémy. La rancœur des parents de Samuel. Je faisais tout pour les éviter. Je ne sortais que rarement et, quand je le faisais, je rasais les murs. Le plus dur, évidemment, ça a été le collège. J'étais le seul sujet de conversation, mais tout le monde s'arrêtait de parler quand je rentrais. Et si, au début, je pensais que c'était à cause de la pitié que j'inspirais, de l'horreur du drame dont j'avais été témoin, j'ai vite senti un changement. Je dérangeais. La mère de Jérémy était sous calmants, elle n'arrêtait pas de répéter que c'était à cause de moi, que c'était ma faute, que j'avais lancé un défi et que sans ce défi, son fils serait encore de ce monde.

Les parents de Samuel ne réagissaient pas de la même façon. Ils ne me reprochaient rien, mais ils ne voulaient pas me croiser. Poser leurs yeux sur moi leur était insupportable. Je comprenais. Je comprenais tout. Je l'avais bien mérité.

Il y avait un tel vide autour de moi, au collège.

Il y avait un tel vide autour de moi, dans le village.

Peut-être que ça ne se serait pas passé comme ça, en ville. En ville, il est toujours possible de se fondre, de renaître dans des endroits où tu n'as jamais existé, c'est pour ça que je suis parvenu à survivre, ici, et que l'an prochain, je voudrais du voyage, l'autre bout du monde, qu'on me laisse dériver tranquillement, me perdre, et surtout ne pas me retrouver.

— C'est devenu trop lourd, au bout d'un moment. Pas pour moi – moi, je savais que je devais juste encaisser et me taire, que c'était ma vie maintenant, la seule façon de me faire pardonner mes péchés, alors j'étais prêt à tout –, j'aurais accepté sans problème qu'on me casse la gueule, tous les jours, qu'on m'oblige à boire mon urine, des trucs comme ça – de toute façon, aucun châtiment n'était proportionné. Mais non. La punition était plus subtile – et moins évidente. Personne ne m'a touché. Personne ne m'a directement adressé la parole. À la place, le vide, de plus en plus grand – inconscient, conscient, la différence au fond n'a aucune importance. Parfois, au collège, je pouvais m'élever mentalement et planer au-dessus de la cour. Je me voyais, moi, assis sur le banc rouge à droite des paniers de basket, et tous les autres, à une bonne cinquantaine de mètres au moins, en train de rire, de parler, de se battre. Les adultes ne m'ont pas aidé. Les adultes ne pouvaient pas m'aider. Les parents de Samuel étaient profs au collège. C'est devenu trop lourd pour mes parents. Personne ne les a accusés de quoi que ce soit, naturellement. Simplement, les gens ont commencé à les plaindre. À arborer cette drôle de mine, tu sais – quand tu accueilles quelqu'un qui porte sur ses épaules tous les malheurs du monde, j'appelle ça *la gueule compatissante*, avec le coin des yeux qui descend et qui se mouille, la tête qui hoche en rythme, la lèvre inférieure qui remonte rejoindre la supérieure. Ils étaient devenus ceux par qui le malheur était arrivé. Le malheur, c'était moi. Aucun parent ne peut supporter que son enfant incarne le malheur. Nous avons quitté la maison d'une vie. Nous avons vendu notre univers. Nous avons déménagé. Cinquante kilomètres. Le prétexte, c'était que ça rapprochait mon père de son travail. C'est idiot. Mon père est toujours sur les routes. Rien ne le rapproche jamais de son travail. Et tout ce qu'il voulait faire, à ce moment-là, mon père, c'était fuir le foyer familial. Faire comme si rien ne s'était passé. Mais il savait qu'il n'en avait pas le droit. Qu'il devait, lui aussi, faire face. Nous avons intégré cette maison-là. Mes parents pensaient que cela nous permettrait de prendre un nouveau départ. Ils ont eu raison. Ils vont bien. Dans la tourmente, ils se sont retrouvés. Ne reste que moi. Leur vrai problème. Je les inquiète parce que je ne prends pas de nouveau départ. Parce que je ne tente pas d'aller de l'avant. Je déteste cette expression-là. Aller de l'avant. Ils veulent que j'aille voir un psy. Je n'ai rien contre – si ce n'est que le psy va vouloir me débloquer le chemin, et moi, je veux rester bloqué, tu comprends, je veux rester bloqué avec Samuel et Jérémy.

À peine ai-je prononcé leurs noms que je me rends compte que justement, c'est fini. Que tout est fini. La digue a rompu. Les mots ont charrié les images, les émotions – les trop-pleins se sont dissous dans la terre. La crue m'a emporté loin de mes terres de départ. J'ai abandonné mes morts.

Thibaud se lève et il pose ses mains sur mes épaules.

Je me dégage. Je lance :

— C'est là que tu te demandes ce que tu es allé faire dans cette galère.

Et la réponse cingle, imprévisible :

— J'étais déjà au courant.

12

JE JETTE UN COUP D'ŒIL AU FOND DE LA CLASSE. Thibaud prend des notes. Il a l'air extrêmement concentré. Moi, j'essaie de comprendre ce que raconte la prof d'histoire-géo, mais c'est comme si elle parlait une langue étrangère. Je regarde ce que j'ai écrit. Ce sont des bouts de phrases, des mots, des adjectifs – tout cela ne ressemble à rien.

C'est ce que répète Léa, aussi.

Que ça ne ressemble à rien, notre brouille.

D'autant que ça met toute la classe mal à l'aise. Ils ne savent plus s'ils peuvent nous inviter ensemble ou pas. Je réponds que ce n'est pas grave, qu'ils doivent convier Thibaud, qu'il était leur ami avant que je ne sois dans les parages, et puis que je ne viendrai pas de toute façon. Pas envie, pour l'instant. Ça reviendra peut-être. J'ajoute aussi que Thibaud n'a rien fait, que ce froid entre nous, ce n'est pas de sa faute. C'est de la mienne, et seulement de la mienne. Je ne suis pas quelqu'un de fréquentable. Mais comme Thibaud leur sert exactement le même discours, ils sont décontenancés. Ça tombe bien, parce que c'est exactement comme ça que je me sens, moi aussi. Décontenancé.

Depuis qu'il m'a avoué qu'il connaissait mon histoire, je déambule d'un décor à l'autre (la maison, le lycée) un peu comme si je sortais d'un rêve très réaliste. Et ce, au moment même où j'ai l'impression que le poids que je portais sur mes épaules depuis quatre ans s'allège, progressivement. Au moment même où je me dis que, peut-être, j'ai le droit de vivre.

Alors, évidemment, les développements sur les mégalopoles japonaises, ça me laisse de marbre.

De marbre.

Pas de glace.

Je ne suis plus de glace.

La preuve – je n'arrête plus de réagir. Un vrai réacteur nucléaire en fusion. Des vagues d'émotions me submergent – de la colère, du soulagement, de la honte, de la joie, de la douleur, de la rancœur, de l'amour – c'est épuisant.

Au milieu de ce tsunami, je m'accroche à Léa. Sauf que Léa, elle secoue la tête régulièrement et elle dit :

— Vraiment, ça ne ressemble à rien, votre embrouille. Des enfantillages. Pire que ça, même. Vous avez besoin l'un de l'autre, merde, tu ne t'en rends pas compte ? Tu vas me dire ce qui s'est passé à la fin ?

Parce qu'évidemment, nous avons un pacte tacite – et je respecte Thibaud de ne pas l'avoir rompu. Personne ne sait pourquoi, d'un coup, lui et moi, nous ne nous sommes plus adressé la parole. Il y a des rumeurs. Des ragots. Je laisse dire. Ce ne sont pas mes affaires.

Ce qui s'est passé.

Ma colère soudain – tout sauf le glacial, le froid, le polaire. Je l'ai regrettée ensuite. J'aurais pu être plus tranchant. J'ai réclamé des explications. Il était là pour me les donner. Il voulait m'en toucher un mot la veille au soir, disait-il. Il sait apparemment qui je suis et quelle est mon histoire depuis le moment où je suis entré dans la classe. Quand je l'ai entendu dire ça, toutes les pièces du puzzle se sont remises ensemble : sa façon de me demander si j'allais la raconter, mon histoire ; son slam sur le brise-glace. L'autre partie de mon cerveau était dévastée. Je me disais que ce qui l'avait attiré chez moi, c'était le drame, l'exceptionnel, le malheur. Ce qu'il voulait savoir, c'était comment on survivait à tout ça. La fascination pour les accidents de la vie. J'avais envie de vomir. Je me sentais trahi.

Et la trahison, elle était là, bien sûr – sous la chaleur, sous la gentillesse. Parce qu'il aurait pu me l'avouer depuis le début. Quand j'ai répondu ça, il s'est énervé, Thibaud. Il a répliqué : "Alors, j'aurais dû venir te voir en lançant, *dis donc, c'est toi le mec qui est toujours en vie, tu veux qu'on se cause ?* Et puis de toute façon, qu'est-ce que ça change, putain ? Qu'est-ce que ça change ?"

Après, c'est parti en live.

Je l'ai traité de tous les noms, de psychanalyste de bazar, de paparazzi de province. De connard, aussi. À un moment, je me souviens que j'ai hurlé "Pourquoi ?

Mais pourquoi, merde ?" mais je n'ai pas attendu la réponse. Je suis parti. Mon corps avait envie d'air. J'ai claqué la porte de l'appartement. J'ai descendu les escaliers quatre à quatre. Je l'entends encore brailler mon nom depuis le balcon. On aurait fait de piètres Roméo et Juliette.

Voilà, ça, c'était il y a dix jours.

Et le plus dur, évidemment, ça a été l'après. Les couloirs du lycée où tu essaies de ne pas te croiser, les cours où tu tentes de ne rien laisser paraître. Les vacances de Noël approchent. Elles vont être une vraie libération – même si Léa part au ski avec ses parents.

Le plus dur, en fait, c'est aussi de se rendre compte que tu n'es pas aussi inébranlable que tu le voudrais. Que tu ne peux pas t'empêcher de jeter des coups d'œil au fond de la classe ou de l'épier en douce, ton ancien ami.

Bien sûr, je nous trouve ridicules. Bien sûr, je nous trouve pathétiques. Bien sûr, j'ai l'impression d'assister au divorce retentissant d'un couple soudé.

Mais je ne sais pas comment expliquer.

Je suis blessé.

Je suis vraiment blessé.

Il y avait tellement longtemps que je n'avais pas fait confiance.

Dans la cour, un peu plus tard. Le ciel est presque jaune. Je me demande s'il va neiger. Pour la première fois depuis quatre ans, j'aimerais bien.

Léa veut aller à la soirée slam, demain soir. Elle dit en riant qu'elle n'a assisté qu'à dix minutes de la dernière – mais bon, c'étaient dix minutes qui valaient le coup. Je grimace. Je réponds :

— Très peu pour moi.

Elle se rembrunit. Elle me tape sur l'épaule. Elle ajoute que si c'est pour la présence de Thibaud que je m'inquiète, alors pas de souci, il doit rester chez lui ce soir-là. C'est l'anniversaire de son père. En tout cas, c'est ce qu'il lui a répondu quand elle lui a posé la question, pour la soirée slam.

— S'il avait prévu d'y aller, inutile de te dire que je ne t'aurais pas demandé de m'accompagner. Je suis lucide. Même si je trouve que votre engueulade, c'est vraiment n'importe quoi. Ah, et puis j'ai rencontré Burnz en ville, il tient absolument à ce que tu sois là, il a des trucs importants à te dire, apparemment.

La voix de Burnz résonne encore dans mes oreilles. *Dégage de là ou je défonce la porte. Je compte jusqu'à trois.* Je lui dois une fière chandelle, mine de rien. C'est grâce à lui que tout est sorti. Et c'est grâce à lui que je sais la vérité sur Thibaud. Je presse la main de Léa.

— T'es sûre que Thibaud ne sera pas là, hein ?

— Sûre !

— OK. Mais je ne resterai pas toute la soirée.

— Comme d'hab, non ? En deux fois, t'as dû y passer trente minutes. T'es le roi du claquage de portes.

— C'est ça que ça veut dire "slam", en anglais.

— Quoi ?

— Claquer la porte.

— Alors t'es un sacré slammeur.

13

QUAND JE SUIS RENTRÉ DU LYCÉE, vendredi, la lettre était en évidence sur la table de la cuisine. Ma mère l'avait posée là à dessein. Je la soupçonnais de deviner tout ce qui se passait, même si je ne lui dévoilais rien. J'ai reconnu instantanément l'écriture de Thibaud – et je n'ai pas pu m'empêcher de sourire et de murmurer : "Bien joué !"

Bien joué parce qu'un SMS ou un mail, dans ce contexte-là, ça aurait été déplacé. Mine de rien, le virtuel reste le virtuel et de voir que quelqu'un a pris le temps et le courage de prendre un stylo et de noircir des lignes juste à ton intention, eh bien, ça touche. Parce qu'on devine, dans l'écriture, la main, le bras, l'épaule, la silhouette tout entière. Bien joué aussi parce qu'un coup de téléphone n'aurait rien arrangé – nous serions restés silencieux des deux côtés de l'appareil. Il n'y avait personne à la maison. Je suis monté dans ma chambre. J'ai décacheté la lettre. J'ai vu l'en-tête. J'ai apprécié l'absence de "Cher", devant mon prénom.

"Cher Aurélien", cela aurait été tellement hypocrite. Tellement faux cul. "Aurélien", donc. C'est moi.

Aurélien,

Je ne me souviens même plus de la dernière fois que j'ai écrit une lettre. Une vraie lettre, je veux dire. Une que je vais envoyer. Des lettres, il m'arrive d'en écrire à ma mère, mais je les froisse après quelques phrases et je les jette. C'est aussi bien comme ça. T'inquiète, je ne cherche pas à t'émouvoir ou quoi que ce soit. Je cherche à expliquer. Et ma mère, figure-toi qu'elle a à voir là-dedans.

Mes parents ont décidé de se séparer il y a quatre ans. Eux, ça ne leur a pas tellement posé de problèmes, en fait. Ils ne s'entendaient plus. Ils étaient soulagés à l'idée de ne plus se croiser tous les matins. Moi, j'ai morflé. Je sais, c'est débile. On est des centaines de milliers d'enfants de divorcés, c'est même devenu la norme, mais je ne sais pas, je ne m'en suis pas bien sorti. C'est peut-être le fait d'être fils unique. Avoir un frère ou une sœur, ça aide dans ces moments-là. Enfin bref, j'ai commencé à broyer du noir, à tourner en rond, à faire des conneries. C'est devenu franchement limite quand ma mère est tombée amoureuse d'un mec qui habitait à l'autre bout du monde et qu'elle m'a annoncé qu'on "se verrait moins souvent, mais mieux", la qualité au lieu de la quantité, une espèce de discours à la con comme ton père en débite à ses clients pour leur vendre des verrous. Elle a explosé quand j'ai commencé à pleurnicher (ouais, ouais, je pleurnichais pas mal, t'as le droit de te marrer, j'étais un pleurnichard, il y a quatre ans), elle m'a balancé qu'il fallait que je me calme maintenant, que je n'étais pas seul sur terre, et qu'il y avait des malheurs, des vrais, partout sur la planète. Je me souviens très bien de ce moment-là. Elle a pris le journal local, elle l'a déplié d'un coup sec, je ne comprenais pas ce qu'elle faisait, et d'un seul coup, elle lance : "Regarde, le tremblement de terre en Chine, la faim en Afrique, le terrorisme au Moyen-Orient. Avoir treize ans là-bas, c'est autrement plus difficile qu'ici, même avec des parents divorcés." Nouveau coup d'œil au journal. "Tiens, regarde, même ici, le gars là qui a vu de ses yeux ses deux copains crever dans un lac gelé alors que lui-même survivait, tu penses qu'il va s'en tirer comment, hein ? Sa vie, elle est foutue. C'est pas le cas de la tienne, Thibaud. C'est certainement pas la tienne. Personne n'est mort. Personne ne se déchire. Alors s'il te plaît ne complique pas tout."

C'est marrant, ça, comment les adultes peuvent accuser leurs enfants de compliquer les choses, alors que c'est eux qui prennent la décision de changer la donne, enfin bref.

Je me suis calmé. Je me suis même bien calmé. Je suis devenu un mec cool, qui s'adapte à toutes les situations, le genre de type qu'on aime bien avoir comme copain, et même comme fils. Et en même temps, je me suis désengagé. J'ai mis du temps à trouver le bon mot, tu vois, des mois et des mois, je n'arrivais pas à mettre la main dessus, cette façon que j'avais de passer de l'un à l'autre sans que rien ne me touche vraiment. C'est du désengagement. Finalement, au début de l'année, la prof de lettres a ironisé sur l'absence de littérature engagée aujourd'hui, et elle a ajouté un truc genre, "C'est même l'inverse, c'est de la littérature du désengagement", et ce mot-là, il a fait tilt. J'étais foncièrement désengagé. De mes parents, que je voyais maintenant à tour de rôle et qui, d'un coup, n'avaient plus autant d'importance pour moi, comme s'ils avaient perdu plus de la moitié de leur pouvoir. De mes amis, enfin, ceux que j'appelais comme ça, mais des amis, je n'en avais pas vraiment, je n'en ai jamais eu, je n'ai pas eu Samuel ni Jérémy. Et puis un jour, tu es arrivé en cours. J'ai entendu ton nom donné par le père Linard. Ton nom et ton prénom. Je les connaissais par cœur. J'avais tellement de fois lu et relu l'article dans le journal que ma mère m'avait mis sous le nez. Je l'avais découpé. Je le gardais dans un tiroir de mon bureau. Vous y étiez nommés, tous les trois. Et aussi dans les avis de décès quelques jours plus tard. Et chaque fois, je me répétais : "Oui, lui, il a un vrai problème. Ce n'est pas comme moi." Hiérarchiser. C'est comme ça que ça s'appelle. Hiérarchiser les drames, les malheurs. Il paraît que ça les relativise.

Et ça donne des trucs ahurissants, genre : "Est-ce que tu aurais préféré être juif pendant la Seconde Guerre mondiale ou ouvrier dans la centrale nucléaire de Tchernobyl en avril 1986 ?" Bref. Des conneries. Des conneries, parce qu'en fait, on ne peut pas se mettre à la place de quelqu'un d'autre. Je n'ai jamais prétendu me mettre à la tienne. Simplement, tu vois, bizarrement, savoir que tu étais là, et que tu devais te battre contre des démons plus puissants que les miens, ça m'a aidé. J'aurais pu trouver des millions d'autres exemples. Mais toi, tu avais mon âge et tu habitais près de chez moi. Et puis un jour, tu as été parachuté dans la classe. Je n'en revenais pas. J'ai cherché à entrer en contact assez rapidement, en fait – mais tu ne t'en es pas rendu compte. Toi, tu ne voulais que raser les murs. Mais parfois, tu ne parvenais pas à ne pas exister. Tu prenais la parole en cours. Rarement. Mais chaque fois, ça me retournait. Parce que je savais tout ce qu'il y avait derrière, comme lutte. J'étais très admiratif. Je sais que c'est la dernière chose que tu imaginerais de ma part, mais j'étais très admiratif. Je le suis toujours d'ailleurs, crois-le ou non. Alors, oui, sûrement qu'il y a une part de voyeurisme, le même truc malsain qui fait qu'on se laisse hypnotiser par les infos de 20 heures ou par les séries télé pleines de cadavres, mais tant pis, tu vois, j'assume. Aurélien, je ne t'ai jamais voulu de mal. Je me rêvais plutôt en héros, tu sais comme quand tu as neuf ans et que tu penses que tu vas sauver ton meilleur ami d'un incendie. Moi, je ne voulais pas te sauver du feu. Je voulais te sauver de la glace – bon, ça fait pompeux et nul, mais c'est vrai, au fond, ce que j'ai écrit, l'autre fois – je voulais être ton brise-glace. M'engager, pour une fois.

Évidemment, j'ai tout foiré.

Mais bon, ça, j'ai l'habitude. Je suis un grand foireur, mine de rien.

Voilà, je l'ai écrite, ma lettre. Le mieux, c'est que je sais que je vais te l'envoyer. Le pire, c'est que je ne sais pas comment tu vas la recevoir. J'espère au moins que, dans quelques années, quand ta colère sera passée, nous pourrons rétablir le contact. C'est important pour moi.

Comment on dit à la fin d'une lettre ? "Bien à toi", "Amicalement", "Je t'embrasse, ma poule", "Avec ma considération distinguée". Tout ça, alors.

Thibaud (avec un "d", please)

14

De : Aurélien
À : Thibaud.

Un SMS, c'est moins élégant qu'une lettre. Mais j'espère que c'est tout aussi efficace. Ce soir, au Trublion. Soirée slam, je te rappelle. Je sais, c'est l'anniv de ton père. Tant pis. Pour lui, je veux dire.

15

VOILÀ.

Je pourrais épiloguer.

Je pourrais raconter la soirée dans le bar. Je pourrais raconter ce texte que j'avais écrit et que nous avons essayé de slammer, Thibaud et moi, mais qui a été une catastrophe totale. Amanda s'est même permis de nous mettre une bulle, tout en venant nous embrasser. Je pourrais raconter le bras de Léa autour de mes épaules et son souffle, léger, dans mon cou. Le sourire de Thibaud, sa façon de secouer la tête, son regard qui cherche l'aventure féminine dans la salle, sa main sur mon bras.

Je pourrais raconter aussi Burnz qui nous propose d'intégrer l'équipe qui représentera la ville aux championnats de France de slam. J'éclate de rire, parce que je n'imagine pas ce que ça peut donner, un championnat de France de slam.

J'éclate de rire, mais je vexe Burnz, parce que c'est très sérieux. Il menace de raconter comment j'en pissais dans mon froc, dans les toilettes, avant de dire mon texte – ah, trop tard, il l'a dit. Nouvel éclat de rire.

Je pourrais parler des couleurs. Du jaune, tirant vers le doré. Du rouge, profond. Du marron clair. Des murs, des banquettes, des tableaux, des verres, du bruit, de la chaleur, de la chaleur, de la chaleur.

Je pourrais, oui. Simplement, je n'en ai pas envie. Ces images-là, elles sont à moi. Elles sont uniquement à moi. Comme les autres, désormais. Celles de Samuel et de Jérémy – celles d'avant le lac gelé. Celle de ma vie antérieure.

Voilà.
J'ai toujours rêvé de me fondre dans le décor.
Hier soir, j'ai fondu.
Et c'est le décor qui est entré en moi.
Je ne suis plus un iceberg.
Je suis un glaçon dans un verre.
Je me dilue.
Et c'est en écrivant que je me reconstitue.

L'AUTEUR

Jean-Philippe Blondel enseigne l'anglais dans un lycée près de Troyes depuis une vingtaine d'années. Il mène en parallèle une carrière d'écrivain, en littérature générale (dont *G229* et *Et rester vivant* chez Buchet-Chastel) comme en jeunesse chez Actes Sud Junior : *Au rebond*, *Un endroit pour vivre*, *Blog* (prix NRP littérature jeunesse) et *(Re)play !* Également paru aux Éditions Thierry Magnier : *Qui vive ?*

Achevé d'imprimer
en janvier 2013
par l'Imprimerie Floch à Mayenne
pour le compte des éditions
ACTES SUD
Le Méjan
Place Nina-Berberova
13200 Arles.

Dépôt légal
1re édition : septembre 2011
N° impr. : 84011
(Imprimé en France)